DENIS CÔTÉ

LA MACHINATION DU SCORPION NOIR

la courte échelle

Les éditions de la courte échelle inc.
5243, boul. Saint-Laurent
Montréal (Québec) H2T 1S4

Direction littéraire et artistique :
Annie Langlois

Révision des textes :
Simon Tucker

Conception graphique :
Elastik

Mise en pages :
Mardigrafe

Dépôt légal, 1er trimestre 2004
Bibliothèque nationale du Québec

La courte échelle reconnaît l'aide financière du gouvernement du Canada par l'entremise du Programme d'aide au développement de l'industrie de l'édition pour ses activités d'édition. La courte échelle est aussi inscrite au programme de subvention globale du Conseil des Arts du Canada et reçoit l'appui du gouvernement du Québec par l'intermédiaire de la SODEC.

La courte échelle bénéficie également du Programme de crédit d'impôt pour l'édition de livres — Gestion SODEC — du gouvernement du Québec.

Données de catalogage avant publication (Canada)

Côté, Denis

La machination du Scorpion noir

       (Mon roman ; MR5)

       Éd. originale : Paris : Naha, © 2001.
       Publ. à l'origine dans la coll. : Lune noire. Fanstastique.

       ISBN 2-89021-667-5

       I. Titre.

PS8555.O767M29 2004   jC843'.54   C2003-941890-1
PS9555.O767M29 2004

Denis Côté

Denis Côté est né le 1er janvier 1954 à Québec où il vit toujours. Diplômé en littérature, il a exercé différents métiers avant de devenir écrivain à plein temps.

Plusieurs de ses romans lui ont valu des prix et mentions, dont le Prix du Conseil des Arts, le Grand Prix de la science-fiction et du fantastique québécois, le prix M. Christie, le Prix du rayonnement international du Conseil de la Culture de Québec et le Coup de Cœur Communication-Jeunesse de l'écrivain le plus aimé. Le Grand Prix Brive/Montréal du livre pour adolescents a couronné l'ensemble de son œuvre. De plus, Denis Côté a reçu à deux reprises le premier prix des clubs de lecture Livromagie.

Dans la collection Roman Jeunesse, trois de ses romans ont été adaptés pour la télévision dans le cadre de la série *Les aventures de la courte échelle*. Certains de ses livres sont même traduits en anglais, en chinois, en danois, en espagnol, en italien et en néerlandais.

DENIS CÔTÉ

LA MACHINATION DU SCORPION NOIR

la courte échelle

1

LA FILLE
AUX CHEVEUX
VIOLETS

— Le document est dissimulé dans la carte des vins, murmura le serveur.

Iliade Tempête sursauta. Plateau en équilibre sur ses doigts écartés, l'homme s'était glissé si discrètement entre les tables qu'elle ne l'avait pas vu venir.

— À la dernière page, précisa-t-il. Sous la pellicule de plastique. Mais sortez-le en douce : tout le monde vous regarde.

En redressant le torse, l'adolescente avait, en effet, causé un émoi sur la terrasse où elle était assise. L'attention d'un grand nombre de clients masculins s'était portée sur sa poitrine mise en valeur par un cache-cœur jaune.

Elle examina le serveur planté devant elle, comme cherchant à discerner sa figure à travers le masque qu'il portait. Toujours à voix basse, il ajouta :

— Le Scorpion noir a certainement mandaté des types pour vous filer.

Il possédait un léger accent. Européen de l'Est ? Polonais, peut-être. Ou russe.

— Vous en êtes sûr ? demanda Iliade.

— Croyez-vous pouvoir enquêter sur la triade sans alerter personne ?

La jeune fille avait évidemment songé à cela. À quelques reprises, d'ailleurs, elle avait cru apercevoir des individus qui la suivaient. Mais chaque fois leurs silhouettes s'étaient évanouies, pareilles à des fantômes.

Tout se déroulait si vite depuis un mois. Journaliste bénévole à ComTel, la télévision communautaire de Ville-Mary, Iliade préparait un reportage sur le crapok.

Cette drogue était la plus répandue chez les jeunes, et la plus destructrice. Elle se vendait pour une bouchée de pain : cela laissait présager une hausse fulgurante des prix quand les adolescents seraient devenus accros par dizaines de milliers.

Ces dernières semaines, Iliade ne fréquentait donc que des lieux sordides et des personnages glauques.

Elle avait eu peur pour la première fois en apprenant que le Scorpion noir exerçait un monopole sur le trafic du crapok en Nouvelle-Amérique. Sans doute aurait-elle laissé tomber sans ce coup de fil anonyme qui l'avait entraînée sur cette terrasse. Son mystérieux interlocuteur avait promis de lui remettre « un document d'une valeur inestimable ».

Histoire de se donner une contenance, Iliade croisa ses longues jambes nues. Les hommes des tables voisines tournèrent de nouveau la tête dans sa direction. Un fêtard costumé en Spiderman enleva sa cagoule pour admirer ce qui dépassait de la jupe extra-courte.

Iliade Tempête était très belle. Elle avait un visage ovale, étroit, mais aux joues arrondies comme celles d'une fillette. Son nez pointu était juste assez retroussé pour être irrésistible. Les lèvres pleines et bien dessinées faisaient oublier que la bouche était un peu large. Sous les très longs sourcils étincelaient de grands yeux en amande, à l'iris violet.

Malgré la distance, Wo Sing Wa se rendit compte que la jeune fille rougissait.

Mauvissait, plutôt. La gangster avait beau savoir que le verbe «mauvir» n'existait pas, c'était bien celui qui convenait. On aurait dit qu'Iliade Tempête avait pris un coup de froid. Pourtant, il faisait plus de 30 °C rue Saint-Denis.

«Pourquoi je m'étonne? songea Wo Sing Wa en haussant ses lourdes épaules. Dans les salons de teinture intégrale, les gamines d'aujourd'hui se font colorer la peau au grand complet, du cuir chevelu jusqu'au bout des orteils. Ça va du jaune moutarde au kaki, en passant par le rose fuchsia. La petite Tempête a dû choisir un mauve très pâle. Ça lui laisse le teint à peu près blanc, sauf quand elle "mauvit".»

Quant à la chevelure de l'adolescente, pas de doute possible: le violet était la couleur la plus souvent adoptée par les filles de son âge.

Wo Sing Wa se préoccupait peu de sa propre apparence. Bien qu'elle soit aussi laide qu'un chimpanzé, jamais personne ne se moquait d'elle. Elle dépassait les deux mètres et pesait dans les cent cinquante kilos.

La Chinoise scruta la foule qui remplissait le trottoir. Toujours rien à signaler. De l'autre côté de la rue, Sun Yee On examinait les passants avec placidité.

Wo Sing Wa ne craignait pas qu'on les remarque. Comme toutes les métropoles nord-américaines, Ville-Mary était bourrée de gens à l'allure et au comportement bizarres. Et il était encore plus facile que d'habitude de passer inaperçu un 24 juin, journée où les citoyens de la Nouvelle-Amérique célébraient la Fête multinationale.

À quelques mètres de là, sur la terrasse, Iliade Tempête retira en catimini l'objet caché dans sa carte des vins.

Un CD. L'adolescente se demanda ce qu'il contenait. Des informations sur le trafic du crapok, bien sûr, mais quel genre d'informations ?

Avec l'habileté d'un prestidigitateur, elle fit disparaître le disque à l'intérieur de son sac à main.

— Qui êtes-vous ? interrogea-t-elle. Pourquoi me donnez-vous ce document ? Faites-vous partie de la triade ? Êtes-vous un traître ? Cherchez-vous à vous venger ?

— Je ne vous ai pas invitée ici pour une interview, répondit le serveur. Il est d'ailleurs temps que je disparaisse. Prenez garde, jolie demoiselle ! Ce serait triste qu'il vous arrive malheur. Le visage de cette cité en souffrirait énormément.

— Attendez !

Mais déjà son informateur s'était faufilé entre les tables pour se fondre dans la pénombre intérieure du bar.

« Que fait-elle ? tressaillit Wo Sing Wa. Elle s'en va ! Qu'est-ce que ça signifie ? »

Soudain, elle comprit, et cela la rendit furieuse.

« Le contact a eu lieu ! C'était le serveur ! On s'est fait avoir comme des andouilles ! »

Elle adressa un signe à Sun Yee On. Ensuite, elle bondit sur la terrasse sans se préoccuper des buveurs qui s'effondraient dans son sillage. En ce moment plus que jamais, Wo Sing Wa ressemblait à un rhinocéros dressé sur ses pattes de derrière.

À l'intérieur du bar, il faisait sombre, pas assez cependant pour empêcher la gangster de tout embrasser d'un seul regard : une dizaine de clients attablés, une serveuse attifée en princesse africaine, un serveur sans masque et d'un gabarit différent de celui qu'elle cherchait.

La Chinoise retourna dehors en vitesse.

La fille aux cheveux violets fendait la foule en direction de la station de métro. À dix pas derrière elle, le minuscule Sun Yee On la suivait sans ménager les coups de coude.

Pas question d'aborder Iliade Tempête en

présence de cette foule. Il fallait la suivre. Encore. L'attraper au moment et à l'endroit propices.

« Je ne te ménagerai pas, poulette de mon cœur ! promit Wo Sing Wa. Après m'avoir rencontrée, tu te souviendras de moi toute ta vie. »

2

CONFIDENCES D'UN HÉROS

— « Dépressif » ? s'exclama HG en se redressant dans son fauteuil. Est-ce bien ce que vous avez dit, Jos ?

— Le mot est peut-être un peu fort. « Fatigué » serait plus juste.

— Quelle idée absurde ! Il n'y a probablement pas un humain sur la Terre qui soit en meilleure forme que vous.

Jos Tempête fit la moue.

Il avait longtemps hésité avant de pénétrer dans la salle de consultation. Il avait hésité plus longtemps encore avant d'activer le programme. Depuis quatre ans qu'HG était à sa disposition, Jos ne l'avait jamais utilisé qu'en dernier recours. Orgueil ? Difficulté à reconnaître ses faiblesses ? Répugnance à se confier à quelqu'un ?

Un peu de tout cela, sans doute, bien que son confident ne soit pas *quelqu'un*, à proprement parler. L'homme grassouillet et chauve qui se tenait assis devant lui n'était qu'un hologramme, une projection en trois dimensions, une fiction en somme.

«Fiction ou non, se dit Jos, je n'ai pas créé ce logiciel parce que je me tournais les pouces ce jour-là… HG est là pour m'aider. Il a été programmé dans ce but. Courage, il ne te mangera pas !»

Si Tempête rechignait à dévoiler ses états d'âme à son confident, il ne regrettait cependant pas de lui avoir donné cette apparence et cette personnalité. Il l'avait nommé HG en hommage à Herbert George Wells, père de la science-fiction, auteur de *La Guerre des mondes* et de *La Machine à explorer le temps*. H.G. Wells demeurait son favori parmi les écrivains britanniques du XIXᵉ siècle.

— On peut être fatigué dans sa tête, expliqua Jos. Je ne suis pas un demi-dieu, comme certains ont tendance à le croire. Je ne suis qu'un homme. Après avoir consacré les trente dernières années de ma vie à me battre, quoi de plus naturel que de me sentir vieux ?

L'hologramme laissa passer un silence avant de joindre les mains.

— Qu'est-ce qui ne va pas, Jos ?

— Disons que… j'ai l'impression de porter le monde sur mes épaules. Et ce monde, je le trouve de plus en plus lourd. Je me sens… *écrasé* par lui.

Un sourire malicieux se dessina sous la moustache de l'écrivain.

— Ce qui vous écrase, ne serait-ce pas plutôt le sentiment de responsabilité que vous éprouvez envers ce monde ?

— Peut-être… J'ai basé ma vie sur la certitude que l'humanité avait besoin de gens comme moi. D'individus qui consacreraient leur temps à lutter pour les opprimés, contre l'injustice et l'exploitation sous toutes ses formes.

— Vous dites « des gens comme moi ». Mais vous n'êtes pas le seul à faire ce que vous faites !

— Je songeais à mes trois compagnons. J'incluais aussi Keridwen, Robur et, dans une moindre mesure, Iliade.

— Vos « compagnons » ?… Ne serait-il pas plus convenable de joindre à ce mot le préfixe « ex » ? Atom, Porthax et Aramax sont-ils encore les fidèles alliés de Jos Tempête, comme il y a vingt ou trente ans ? Sont-ils prêts à tout abandonner pour vous épauler dans vos aventures ?... Avouez donc que vous êtes seul et que vos coéquipiers vous ont abandonné.

Tempête reçut ces remarques comme autant de coups de poing.

— Tu es dur, HG.

Les yeux gris de son confident s'écarquillèrent.

— Si nous revenions à cette impression d'écrasement, suggéra-t-il.

— Je me demande si ma mission est toujours appropriée... Depuis longtemps, je combats les exploiteurs et les profiteurs, les puissants de tout acabit qui ne croient qu'à l'argent. Mais le temps a passé et leur pouvoir est plus grand que jamais ! Grâce à la publicité et aux médias, ils ont même réussi à imposer leurs valeurs aux simples citoyens. Tout ce que veut la population d'aujourd'hui, c'est regarder la télévision et consommer. Quel rôle dois-je jouer dans un contexte pareil ? Plus personne ne me demande de me battre pour la justice ! La police condamne mes méthodes. Les journalistes me ridiculisent. Bientôt, on me montrera du doigt quand je marcherai dans la rue. Et pourtant, je sais que le monde a besoin de moi ! Qu'adviendra-t-il de l'humanité si on laisse agir ceux qui veulent toujours plus de pouvoir, toujours plus d'argent ?

Un silence succéda à ces paroles. Puis, une étincelle de ruse dans le regard, HG reprit :

— Comment va votre vie personnelle, Jos ?

— Keridwen est une compagne merveilleuse et Iliade est formidable. Du reste, je crains chaque jour qu'il arrive quelque chose à ma fille. Qu'elle commette des imprudences en essayant de m'imiter ou qu'un de mes ennemis s'en prenne à elle sous prétexte de se venger de moi.

Comme si son fauteuil était devenu inconfortable, Tempête se leva et fit quelques pas dans la salle. Jamais HG n'avait perçu autant d'émotion dans sa voix que durant la tirade qui suivit :

— Ma vie intime me donne tout ce que je suis en droit d'attendre. C'est ma vie publique qui ne va pas ! Je m'ennuie de cette époque où je n'avais aucun doute sur mon utilité. Je m'ennuie des appuis qui me venaient de partout, des victoires que je remportais ! Je m'ennuie de mes compagnons... Atom, Porthax, Aramax, quels types sensationnels ! La dernière fois qu'on s'est vus, c'était pour prendre un verre en vitesse, il y a six mois de cela.

Le signal sonore qui annonçait l'arrivée d'un message empêcha Jos de poursuivre.

— Cette interruption tombe à pic, n'est-ce pas ? fit HG.

— Je crois, oui. Un peu plus et je t'avouais être un inadapté social ou un déficient affectif. À la prochaine !

— Toujours là pour vous écouter, Jos.

Le justicier désactiva le programme d'une pression de l'index sur une touche. Instantanément, H.G. Wells s'éteignit comme l'image d'un téléviseur.

*　*　*

Physiquement, Jos Tempête ne différait pas beaucoup de l'aventurier qu'il avait été au début de sa carrière.

La carrure de géant, les épaules droites et puissantes, les biceps proéminents, les mains larges, les cuisses épaisses, tout était resté pareil. Y compris l'expression indomptable du visage désormais marqué par quelques rides. Les yeux d'un vert très pâle ne cillaient pas davantage que durant sa jeunesse. Pas même un fil blanc ne brillait à travers sa longue et abondante chevelure noire.

La fenêtre panoramique devant laquelle il s'était arrêté avait dix mètres de large et cinq de haut. Pas besoin de chercher pour y contempler la Terre. L'immense globe bleuâtre, zébré de traînées blanches, sautait au visage. Des satellites artificiels l'encerclaient par milliers, de tailles et de formes différentes, joujoux dérisoires en comparaison d'une si émouvante grandeur. La Lune, en ce moment, se cachait derrière la planète.

La Voie lactée, elle, ne s'éclipsait jamais. Inaccessible et mystérieuse, troublante et tentatrice, elle traversait la voûte enténébrée, tel un fleuve colossal illuminé de diamants.

L'*Oasis perdue* était l'endroit rêvé pour observer l'espace. Cependant, la station orbitale privée de Jos Tempête n'avait pas été construite dans cette intention. Le justicier l'avait conçue comme un lieu de réclusion, une sorte de monastère spatial réservé à la méditation, à l'étude et aux recherches. Il quittait régulièrement la Terre afin de s'isoler ici.

Le message provenait du Stade olympique. Sur l'écran, la figure de Keridwen s'afficha.

— Je t'aime, Jos.

— Je t'aime, Keridwen.

Ainsi débutaient leurs conversations chaque fois que les époux s'entretenaient à distance.

Un tendre sourire aviva la beauté de Keridwen.

— Je m'inquiète pour Iliade, dit-elle.

Elle avait un accent indescriptible, à la fois doux et rugueux.

— Notre fille vient d'envoyer un vidéocourriel où elle demande à te voir d'urgence.

Tempête serra les poings :

— A-t-elle précisé l'heure de son arrivée ?

— Elle devait être ici vers seize heures.

Jos consulta sa montre à conversion multiple, dont l'un des cadrans donnait l'heure de Ville-Mary en permanence.

— Je pars à l'instant, dit-il. Je t'aime, Keridwen.

— Je t'aime, Jos.

*   *   *

Le ventre bombé et rutilant de la station orbitale s'ouvrit, telle une énorme bouche poussant un cri de souffrance. Une grande flèche blanche en sortit, élégant projectile dont la cible était la Terre.

Dans le poste de pilotage, Tempête ne quittait pas des yeux les divers tableaux et pupitres qui lui assuraient le contrôle de son appareil.

Aéronef unique en son genre, *Narda* atteignait une vitesse supérieure à celle de tous les transporteurs aériens ou spatiaux couramment utilisés. Il effectuait généralement la liaison entre l'*Oasis perdue* et la Nouvelle-Amérique en moins de vingt minutes.

Jos atterrit à l'aéroport Adam-Thom, en banlieue de Ville-Mary, sur l'une des pistes qu'il avait fait aménager pour son usage personnel.

3

L'OGRESSE
ET LE FARFADET

Contrairement à ce que l'énorme masse de l'immeuble laissait présager, le hall du *Grand Duc* était minuscule.

Le gardien déclenchait l'ouverture des portes, on pénétrait dans cette espèce de sas et il était impossible d'en sortir sans la volonté du même gardien. À droite, trois ascenseurs. À gauche, la cellule fortifiée où l'employé trônait derrière ses terminaux. Trois mètres séparaient la cellule des ascenseurs.

Wo Sing Wa savait déjà que ce gardien était d'origine chinoise. Flanquée de Sun Yee On, elle s'approcha de l'enceinte translucide qui protégeait l'homme contre les agressions. Celui-ci avait le visage impassible, mais la femme-rhinocéros devina qu'il avait peur.

— Que puis-je faire pour vous ? demanda-t-il.

— Tu nous débloques un ascenseur et tu oublies qu'on existe jusqu'à ce qu'on ait quitté cet immeuble.

L'employé dévisagea les visiteurs avec suspicion.

— Qui êtes-vous ? laissa-t-il tomber.

Wo Sing Wa eut un sourire cauchemardesque.

— Tu as l'esprit un peu lent, à ce que je vois. Pourtant, je suis certaine que tu as deviné le topo.

— Vous… vous êtes des *Sze Kau* ! Des soldats du Scorpion noir ! Mais je ne peux pas vous obéir ! Je… Mes patrons vont me congédier !

La gangster fit un signe du menton à son partenaire.

Sun Yee On semblait vraiment avoir été choisi pour rétablir l'équilibre. Plus petit qu'un garçonnet, plus délicat qu'une libellule, il ressemblait à un personnage de manga. Son visage rond, aux traits à peine esquissés, aux yeux immenses et étonnamment bleus pour un Asiatique, renforçait cette similitude.

Le farfadet tira une photo de son veston et la brandit devant le gardien.

— Ta fille est vraiment jolie, prononça-t-il d'une voix fluette. Quel âge a-t-elle déjà ? Huit ans, je me souviens. Quand on pense que, dans une heure, elle aura cessé de vivre ! Le pire, c'est qu'avant de crever, elle aura enduré des souffrances si effroyables que j'en blêmis rien qu'à les imaginer.

L'employé se jeta contre l'écran qui le séparait des deux gangsters.

— Monstres ! Si jamais vous lui touchez, je…

— Surveille tes paroles ! aboya Wo Sing Wa. Personne ne menace impunément les soldats du Scorpion noir !

L'homme fit un effort surhumain pour se contenir.

— Il y a moyen d'éviter le pire à ta chère petite, reprit la femme-rhinocéros. Fais ce qu'on te demande et ce soir, en rentrant chez toi, tu retrouveras ta fille saine et sauve.

Les épaules du gardien s'affaissèrent, son visage ramollit comme une motte de beurre au soleil, la lumière de la vie disparut de son regard.

Il enfonça une touche et la porte de l'ascenseur central coulissa.

* * *

Les deux bandits longèrent le corridor sans faire plus de bruit que des ectoplasmes.

Ils s'arrêtèrent devant l'appartement 8181. Wo Sing Wa sortit un audiodépisteur de sa poche, dont elle appliqua le micro contre la porte. Sur le petit écran intégré à l'appareil, une ligne mouvante, à peine hachurée, se dessina.

— Absente ? chuchota Sun Yee On.

— Tu n'y connais rien. Cette ligne indique qu'il y a un bruit à l'intérieur. Léger et régulier. Comme les soupirs d'un dormeur.

— Ou d'une dormeuse… C'est cruel de réveiller une si belle enfant.

— Parle pour toi.

Doucement, Wo Sing Wa inséra son passe-partout électronique dans le lecteur de la serrure. Lorsque le voyant vert se mit à clignoter, elle retira la carte en tournant la poignée, puis elle poussa le battant d'un centimètre. Son œil exercé lui apprit qu'Iliade avait mis la chaîne de sécurité.

Imitant le geste d'un chirurgien en pleine opération, la Chinoise tendit une main ouverte à son partenaire. Celui-ci y déposa un objet semblable à un stylo, muni d'un morceau de quartz à son extrémité.

Wo Sing Wa glissa le cisolaser dans l'ouverture de la porte, à la hauteur de la chaîne. Il y eut un déclic presque imperceptible, puis un grésillement continu. Une volute de fumée s'éleva vers le plafond du corridor. Tout en continuant à opérer de la main droite, la *Sze Kau* passa son autre main par l'entre-bâillement afin d'empêcher les deux sections de la chaîne de s'entrechoquer lorsque son travail serait fini.

Elle rendit le cisolaser à son collègue, qui le fourra dans l'une de ses poches.

L'entrée de l'appartement donnait sur un salon spacieux qui communiquait avec trois autres pièces dont l'une était fermée. Les rideaux étant tirés aux fenêtres, le logement — du moins, ce que l'on en voyait — baignait dans une pénombre propice aux pires délits.

L'ogresse se dirigea vers la porte close tandis que le farfadet jetait un coup d'œil aux deux autres pièces.

Wo Sing Wa colla une oreille contre le battant. Elle sourit. La jeune fille était bel et bien dans cette chambre, naviguant sur les vagues réparatrices du sommeil.

Un gros pistolet apparut au poing de la Chinoise. Sun Yee On se munit d'un autre instrument, à la forme et à l'utilité indéfinissables. La porte tourna lentement sur ses gonds. Au fond de la chambre sans lumière, la silhouette d'un lit se découpa, puis celle de l'adolescente qui y était couchée.

Le farfadet eut du mal à réprimer un soupir de convoitise.

Comme on le dit souvent des jeunes filles endormies, Iliade Tempête avait l'air d'un ange. Sa figure, tournée vers le seuil, était aussi paisible que celle d'un nourrisson. Une moitié de sa chevelure violette se déployait sur l'oreiller, évoquant la grande aile d'un oiseau de paradis. L'autre moitié prodiguait une longue caresse au côté gauche de son corps, jusqu'à la hanche dont elle suivait amoureusement la courbe. Aucune couverture ne dissimulait l'adolescente. Le cache-cœur et la minijupe, qu'elle avait gardés, accentuaient sa beauté beaucoup plus qu'ils ne l'occultaient.

Remarquant le sourire pervers de Sun Yee On, sa collègue lui donna une tape sur la joue. Le farfadet s'arracha à sa contemplation et contourna le lit. Rendu de l'autre côté, il attendit le signal, armé de l'objet qu'il tenait à la main.

Iliade ouvrit les yeux. Son regard mauve se posa aussitôt sur la femme énorme et monstrueuse, campée à moins d'un mètre de son lit. En un mouvement trop rapide pour que l'œil puisse le saisir, l'adolescente se redressa en prenant appui sur ses genoux. Ses bras avaient adopté la position défensive de la technique de combat inventée par son père.

— Que faites-vous ici? lança-t-elle d'une voix menaçante.

Wo Sing Wa sourit. La petite pouvait hurler tout son soûl, elle s'en moquait. Les logements du *Grand Duc* étaient les mieux insonorisés de la ville.

— Si je vise ta tête de greluche, fit la Chinoise calmement, ça répond à ta question?

Elle devait admettre que la gamine avait du cran. En voyant le pistolet braqué sur son visage, la fille de Jos Tempête n'avait même pas sourcillé.

Sun Yee On, brandissant son instrument à la manière d'un poignard, se jeta sur le lit avec l'intention de frapper l'adolescente au dos. Dans un réflexe d'une rapidité inouïe, Iliade — qui avait entendu le matelas grincer — bloqua le bras de son agresseur et projeta le corps de celui-ci par-dessus son épaule. Le farfadet entra en collision avec la femme-rhinocéros avant de s'écrouler. Wo Sing Wa n'avait pas bougé d'un poil.

L'adolescente s'élança hors du lit et atterrit sur ses jambes en face de la Chinoise. Son pied droit quitta le sol à la vitesse de l'éclair et frappa le pistolet qui s'envola au plafond.

Bien qu'ébranlé par le choc qu'il avait subi, Sun Yee On bondit sur Iliade avant même que le pied de celle-ci ne soit revenu au sol. La jeune fille, en déséquilibre, tomba en arrière. Sans le matelas qui amortit partiellement sa chute, elle se serait fracassé le crâne sur le parquet en bois dur.

D'un coup de poing au plexus, elle repoussa le Chinois. Elle n'eut toutefois pas le temps de se relever, car aussitôt, l'écrasante masse de Wo Sing Wa s'abattit sur elle, la clouant au plancher aussi efficacement que de la glu.

— Plus un geste, ma jolie, ronronna le farfadet qui avait récupéré le pistolet. Sinon, ta femme de ménage aura beaucoup à faire pour ramasser ta cervelle éparpillée.

Iliade ne bougea plus. Elle aurait pu tenter quelque chose, mais ses chances de réussite lui paraissaient trop minces. Elle avait choisi d'attendre une ouverture.

Ouverture qui ne vint pas. Une sensation de brûlure explosa dans sa cuisse droite, près de la hanche. Elle tourna la tête. Le farfadet venait de planter dans sa chair l'extrémité de son bizarre instrument. Presque instantanément, un brouillard envahit l'esprit de la jeune fille et tout ce qui l'environnait s'éloigna, rapetissa.

Quand le Chinois retira l'aiguille, Iliade avait déjà perdu connaissance.

4

LA TOUR
DE JUSTICE

Jos prit pied dans la cabine du funiculaire qui conduisait au sommet de la tour.

Depuis que le justicier était devenu propriétaire du Parc olympique, le vaste complexe avait été transformé en une forteresse inexpugnable. Des centaines de mafieux, de dictateurs et de *businessmen* n'avaient-ils pas placé la disparition de Tempête au premier rang de leurs priorités ? Non seulement il était désormais impossible de pénétrer à l'intérieur de l'enceinte, mais aucun visiteur, aucun journaliste n'y avait jamais été admis.

À quelques kilomètres du centre-ville, la silhouette en forme d'ovni de l'ancien stade s'imposait toujours aux regards. L'œil ne manquait pas non plus d'être impressionné par le mât de ce stade, prodigieuse tour inclinée qui projetait sa structure de béton et d'acier à cent soixante-dix mètres au-dessus du sol.

C'était au sommet de cette Tour de Justice — ainsi que l'avait rebaptisée Tempête — que vivaient l'aventurier et ses intimes.

En sortant du funiculaire, il jeta un coup d'œil à sa montre. Bientôt dix-sept heures. Iliade devait être arrivée depuis un moment.

Keridwen serra son époux dans ses bras.

Lorsqu'elle avait fait ses premières apparitions publiques aux côtés de Jos, vingt ans auparavant, plusieurs commentateurs avaient déclaré qu'il n'existait aucune femme plus belle sur la Terre. Malgré l'étonnement que provoquait alors la couleur de sa peau — inédite à l'époque —, les plus raffinés la comparaient aux déesses de l'Antiquité.

Keridwen et Iliade se ressemblaient énormément. Elles possédaient la même taille, la même silhouette, presque le même visage. Leurs chevelures étaient de couleur identique, quoique celle de la mère soit beaucoup plus courte. Violets aussi étaient les yeux, les lèvres, les sourcils de Keridwen. En outre, c'était le mauve de sa peau qui avait lancé cette mode consistant à faire appliquer une teinture indélébile sur toute la surface de son corps.

Presque aussi grande que son mari, mince et élégante malgré sa musculature, elle portait un collant noir et un gilet rouge ajusté.

— Iliade n'est toujours pas là, annonça-t-elle.

— Quoi ? Mais elle t'avait dit que…

— Moi aussi, son retard me tracasse.

Une sorte de fantôme ailé franchit en coup de vent la porte qui faisait face au funiculaire. Le volatile effectua un tour de l'antichambre avant de se poser silencieusement à quelques pas de Jos et de son épouse.

Baissant la tête, Tempête adressa un franc sourire au nouveau venu :

— Salut, Robur. Content de te voir !

Le fantomatique animal replia ses ailes avant de déclarer, d'une voix étonnamment veloutée :

— Salut à toi, maître. Robur beaucoup ennuyé de toi.

Il fixait sur Jos ses grands yeux jaunes écarquillés en permanence.

— Tu m'as manqué aussi, Robur. Mais je déteste ça quand tu m'appelles maître. Tu n'es pas ma possession et tu le sais.

— Robur sait, répondit l'oiseau dont le bec étroit

et crochu remuait à peine lorsqu'il parlait. Toi donné à Robur liberté et dignité. En échange, Robur donné sa vie à Jos Tempête.

Le justicier prit son cellulaire et composa le numéro d'Iliade.

— Aucune réponse, déplora-t-il. Ou bien elle est en route, ou bien quelqu'un l'a empêchée de venir.

— C'est la Fête multinationale aujourd'hui, fit remarquer la femme à la peau mauve. Le métro est sûrement bondé.

— Une heure de retard, ce n'est pas normal. Je file au *Grand Duc*.

Voyant son maître regagner le funiculaire, Robur émit un sifflement.

— Pas de caprice! le gronda Tempête. Tu n'es pas ma possession et je ne suis pas ton esclave. Sois sage!

L'oiseau se dissimula la face en faisant pivoter sa tête de quatre-vingt-dix degrés. C'était une de ses manières préférées d'afficher son mécontentement.

* * *

Le funiculaire descendait jusqu'à dix mètres au-dessous du sol. Là, Tempête n'avait que deux pas à faire pour accéder à son métro personnel.

Construit sous le métro public et selon des tracés semblables, ce moyen de transport lui permettait de se déplacer d'un point à un autre de la métropole en un temps record.

5

ENNEMI: PREMIER CONTACT

Jos écrasa la sonnette de l'appartement 8181.

N'obtenant pas de réponse, il introduisit sa clé électronique dans la serrure et ouvrit la porte. Il remarqua immédiatement que la chaîne de sécurité avait été sciée à l'aide d'un cisolaser.

Il demeura immobile dans l'entrée, attentif au moindre bruit. Tout était silencieux. Malgré la pénombre, il pouvait voir que le salon était en ordre, sans trace de vandalisme ni de lutte. À dix mètres devant lui, la porte de la chambre était ouverte.

S'il s'était produit quelque chose — pourquoi « si » ? Quelqu'un avait scié la chaîne de sécurité, non ? — le drame était terminé. Restait à en connaître les conséquences.

Une lueur verte se répandit soudain à l'intérieur du salon. La lumière provenait *du regard* de l'aventurier qui se tenait sur le seuil, aussi inerte qu'une statue.

Les yeux de Jos brillaient comme des phares. Le rayonnement qu'ils projetaient était diffus, éparpillé, pareil à l'émanation d'une substance fluorescente. Les globes oculaires avaient cessé de ressembler à des yeux, ayant perdu leur prunelle, leur iris, leur sclérotique, pour adopter l'aspect inquiétant de deux boules de verre lumineuses.

Malgré ses recherches, le justicier ignorait toujours comment se produisait l'étrange phénomène. Par contre, il pouvait affirmer que cela avait débuté *après* sa rencontre avec son épouse. Il savait aussi que la chose ne se déclenchait qu'à des moments d'appréhension ou de concentration intenses. Jos perdait alors momentanément conscience de ce qui l'entourait. Lorsqu'il retrouvait sa lucidité, soit il détenait la solution d'un problème, soit il avait pris une importante décision.

Quand la lueur verte s'éteignit, il se précipita dans la chambre de sa fille.

La surprise le força à s'arrêter.

Aucun cadavre. Toutefois, le lit était redressé contre un mur, le fauteuil éventré, les meubles renversés, les tiroirs vidés. L'écran de l'ordinateur n'était plus qu'une bouche noire. Disques, papiers, cahiers parsemaient le plancher.

«Mais il n'y a pas de cadavre», constata Jos avec soulagement.

Un objet minuscule, posé au milieu du parquet, attira son attention.

C'était une pyramide moulée dans un matériau très dur, assez petite pour tenir dans la main fermée de Jos. Une laque noire recouvrait trois de ses faces. Sur la quatrième, un dessin était gravé. Il représentait un poignard dont le manche avait l'aspect d'un scorpion en position d'attaque, queue verticale, dard prêt à piquer.

«Cette pyramide a été laissée ici volontairement, pensa Tempête. Le délit est donc signé.»

Et il connaissait les signataires. La couleur noire de la pyramide, le poignard, le scorpion… Impossible de ne pas reconnaître ces signes quand on avait passé sa vie à combattre les criminels.

«Le Scorpion noir… La mafia chinoise la plus puissante et la mieux organisée de la planète.»

Au cours de la décennie précédente, la triade avait gagné tellement de terrain en Nouvelle-Amérique qu'elle avait presque supplanté tous les autres groupes criminels. Le Scorpion noir contrôlait maintenant la plupart des industries illicites.

Jos Tempête avait affronté la société secrète à de nombreuses reprises. C'était même lui qui avait infligé à la triade ses plus cuisantes défaites. En dépit de cela, il considérait les *Sze Kau* et leurs chefs comme des adversaires terriblement redoutables.

Il tenait encore la pyramide dans sa main quand son téléphone sonna.

« Keridwen, supposa-t-il. Elle va me dire qu'Iliade est arrivée à la maison. »

Mais aucun numéro ne s'afficha sur le cellulaire, ce qui signifiait qu'on lui téléphonait d'un poste anonyme.

— Qui est là ? lâcha le justicier.

— Mon bonheur atteint son paroxysme… Ai-je bien l'incomparable honneur de m'adresser à Jos Tempête, le célèbre défenseur des malheureux, dont la renommée enchante mes oreilles depuis si longtemps ?

Ces paroles avaient été prononcées par une voix masculine, sur un ton haut perché, presque caricatural.

— Qui êtes-vous ? s'enquit Jos.

Son interlocuteur exhala un long soupir :

— Vous me paraissez un peu agressif, monsieur Tempête. Cela m'attriste jusqu'au plus profond de mon âme. Moi qui aurais tant aimé partager ces instants dans la joie et la sérénité !... Mais pour répondre à votre question : vous parlez en ce moment au *Shan Chu* du Scorpion noir.

Tempête se cabra :

— Le *Shan Chu* ? L'Aîné du Scorpion noir ? Vous êtes King Yi ?

— On m'avait abreuvé de paroles élogieuses à votre égard. Je constate avec plaisir que ces informations correspondent à la réalité. Votre vivacité d'esprit est admirable.

— Ça suffit ! Évidemment, vous m'appelez au sujet de ma fille.

— Détendez-vous, je vous en prie. Il n'y a rien de pire que la colère pour abréger l'existence.

Aussi loin que remontaient les souvenirs de Jos, King Yi avait occupé la position de *Shan Chu* au sein de la branche néo-américaine du Scorpion noir. Malgré sa puissance, cet homme était mal connu. Jamais il n'avait été arrêté. Aucun policier n'aurait su dire où il demeurait. Les spécialistes en affaires criminelles ignoraient tout de ses origines. Même son apparence demeurait mystérieuse, car on ne le voyait jamais en public et seules circulaient d'anciennes photos de lui. On pouvait cependant affirmer que King Yi était un vieillard. Certaines rumeurs voulaient même qu'il soit centenaire.

C'était la première fois que Jos avait un contact avec lui.

— La curiosité, reprit le *Shan Chu*, n'est pas le moindre défaut de votre jolie et voluptueuse fille. Malheureusement, ce travers l'a entraînée sur notre route et cela, nous ne pouvons le tolérer. Nous avons donc dû la soustraire à sa vie aussi éparpillée que trépidante.

Les doigts de Jos se crispèrent sur le boîtier du cellulaire.

— Que lui avez-vous fait ?

— Presque rien, pour l'instant. Mes Frères cadets savent user de délicatesse lorsqu'ils en reçoivent l'ordre.

— Vous êtes abject, King Yi !

— Pourquoi cherchez-vous à blesser mon cœur, monsieur Tempête ? J'étais persuadé qu'entre gens de notre qualité, les injures ne seraient pas permises. Mais je vous pardonne. Il doit être pénible de découvrir que la vie de son enfant chérie ne tient plus qu'à un fil.

— Que voulez-vous de moi ?

— Je constate que vous tempérez votre colère. Ceci est l'un des premiers pas vers le détachement spirituel… Votre fille avait en sa possession un document que je convoite. Pour l'obtenir, je suis prêt à toutes les atrocités que votre esprit est capable d'imaginer. Or, après une fouille minutieuse de son appartement, mes *Sze Kau* ont compris que la demoiselle s'était dessaisie de l'objet en question. Ce document étant trop précieux pour qu'elle s'en soit débarrassée, je présume qu'elle l'a fait parvenir à quelqu'un. Et ce quelqu'un, très cher monsieur Tempête, je suis absolument persuadé que c'est vous.

— Je n'ai pas ce document, affirma Jos.

Pour la seconde fois depuis le début de l'entretien, King Yi poussa un soupir :

— Comme je déplore votre entêtement ! Aurais-je si mal évalué l'affection que vous portez à votre fille ? Ou peut-être n'avez-vous pas saisi l'enjeu de notre négociation ?… Si vous me donnez le document, monsieur Tempête, votre enfant aura la vie sauve. Si vous refusez de me le donner, elle mourra.

L'impuissance força Jos à fermer les yeux.

— Puisque je vous dis que je ne l'ai pas !

La voix de King Yi se durcit :

— Est-ce votre dernier mot ?

— Non! explosa le justicier. Voici mon dernier mot : si vous touchez à un seul de ses cheveux, je vous tuerai! Vous m'avez entendu? Je mettrai toute la ville à l'envers, et le monde entier s'il le faut, mais je jure que je vous tuerai de mes propres mains!

— Vous choisissez de jouer au plus fin. Sincèrement, je le regrette. Pour vous et surtout pour votre séduisante fille. À ce jeu, je ne perds jamais, monsieur Tempête.

— Attendez! cria Jos. Je n'ai…

Son interlocuteur avait coupé la communication.

Comme si les murs étaient susceptibles de le conseiller, Tempête promena un regard désespéré sur la pièce qui l'entourait.

La sonnerie du cellulaire l'extirpa de son hébétude.

— Je t'aime, Jos, dit Keridwen.

— Je t'aime. Que se passe-t-il?

— Iliade n'est pas chez elle, n'est-ce pas?… Je viens de recevoir un colis par ton réseau de livraison personnel. Il ne porte aucune signature, mais ça vient sûrement d'Iliade. Elle est une des seules personnes à connaître les mots de passe.

— J'arrive, Keridwen. Je t'aime.

— Iliade est-elle en danger, Jos?

Tempête ne mentait jamais à son épouse.

— Elle l'est, répondit-il.

— Je t'aime. Et j'ai peur pour notre enfant.

*   *   *

— Monsieur Tseng, rugit Jos en lisant la carte d'identification agrafée à la veste du gardien. Que vous ont donc offert les soldats du Scorpion noir pour que vous les laissiez agir ?

— La vie de ma petite fille, gémit l'employé. Pardonnez-moi... Je... je ne suis qu'un lâche...

La rage qui brûlait Jos de l'intérieur vacilla.

— Les *Sze Kau*, ils étaient combien ?

— Deux. Un homme tout petit, pas plus grand qu'un enfant. Une femme très laide et bâtie comme un rhinocéros.

6

KING YI LE SANGUINAIRE

Le colis renfermait un CD. Accompagnant le disque, une missive d'Iliade, rédigée à la main :

Aucune idée sur les motivations de mon informateur anonyme. Il avait un accent d'Europe de l'Est, peut-être est-ce important. J'ai essayé de lire le contenu du disque, mais c'est écrit en langage codé. Si je te l'envoie par ton réseau personnel, c'est que je préfère ne plus sortir. Ils me suivent. Je les ai aperçus dans le métro, puis dans la rue qui mène chez moi. Une femme gigantesque et un petit bonhomme.

Tempête commanda à son ordinateur, baptisé Devil, la traduction du document. Au bout d'un quart d'heure, la machine s'avoua vaincue :

Ce texte est rédigé dans un code inconnu. Je te suggère de faire appel à Porthax.

Une conclusion s'imposa à Jos. En refilant à sa fille un disque illisible, c'était lui qu'on visait. Ceux qui avaient combiné cette histoire savaient qu'Iliade ne réussirait pas à le déchiffrer. Par contre, ils ne pouvaient ignorer que son père en viendrait à bout grâce aux ressources dont il disposait. La journaliste bénévole n'avait donc servi que de messagère.

Qui avait monté cette mise en scène ? Qu'y avait-il à l'intérieur du CD ? Quel était le but de ces mystérieux tireurs de ficelles ?

« Questions secondaires, trancha Jos. Ce qui compte, c'est que je possède enfin cet objet. »

— Quelles sont les chances de sauver notre fille ? questionna Keridwen en posant une main sur son épaule.

— La vérité, maître ! lança l'oiseau. Robur a des larmes plein les yeux !

« Des larmes plein les yeux » était une expression empruntée aux humains qu'il côtoyait. Pas plus que les représentants non modifiés de son espèce, Robur n'était capable de pleurer.

Gratifié par la nature d'un plumage duveteux, d'un blanc immaculé, cet animal était d'une beauté époustouflante. Face aplatie, cou absent, corps trapu, pattes griffues, il appartenait à la famille des chouettes. Plus précisément, il s'agissait d'un harfang des neiges, remarquable oiseau originaire de l'Arctique.

Comment expliquer que Robur soit doué de parole ? L'histoire remontait à plusieurs années. Jos livrait alors bataille à une entreprise de biotechnologie sans scrupules, dont les techniciens traficotaient l'ADN de nombreuses espèces animales. Bien qu'il ait finalement mis ces apprentis sorciers hors d'état de nuire, Tempête n'avait pu rendre la liberté qu'à un seul AGM — animal génétiquement modifié. Reconnaissant, le harfang des neiges offrit à son sauveur de lui servir d'allié dans ses combats pour la justice.

— En principe, la situation est simple, dit Jos Tempête. Donnant donnant. Ce disque contre la vie d'Iliade.

À ce moment, le timbre de la porte principale grésilla. Un écran s'alluma, où l'on vit apparaître un type en avant-plan :

— Livraison express adressée à Jos Tempête.

— Qui l'envoie ?

— La confidentialité est notre marque de commerce, monsieur.

— Déposez le colis à l'intérieur du guichet.

Toute lettre, tout paquet envoyés au Parc olympique étaient soumis à une batterie de vérifications : détection du métal, radiographie, stérilisation si nécessaire. Combien d'ennemis n'avaient pas déjà tenté d'envoyer à Jos quelque bombe télécommandée ou quelque ampoule contenant des bactéries mortelles ?

Ayant obtenu le feu vert de Devil, qui présidait à ces opérations, Tempête commanda l'ouverture de la trappe où aboutissait le courrier. Il s'empara de la petite boîte enveloppée dans un papier noir. Depuis que le timbre avait retenti, une douloureuse appréhension l'avait gagné.

L'emballage déchiré, il retira délicatement le couvercle. Il cessa de respirer en apercevant la mèche de cheveux violets déposée sur une couche d'ouate. Debout à ses côtés, Keridwen tressaillit.

— Méchants coupé cheveux Iliade ! siffla Robur en battant frénétiquement des ailes. Déteste méchants ! Déteste, déteste, déteste !

Tempête porta la mèche à ses yeux. Aucune trace de teinture. À part Keridwen, Iliade était la seule femme sur Terre à posséder des cheveux naturellement violets.

Mais King Yi était trop sanguinaire et raffiné pour renforcer ses menaces de quelques cheveux coupés. Il y avait autre chose dans ce paquet, dissimulé sous la ouate.

Jos serra les mâchoires pour lutter contre l'angoisse qui montait en lui comme une hormone empoisonnée.

— Qu'y a-t-il ? fit Keridwen.

Le harfang des neiges sautillait en poussant des cris.

Lorsque Jos arracha la couche d'ouate d'un mouvement sec, la stupéfaction empêcha Keridwen de réagir immédiatement. Après un instant, toutefois, elle se prit le visage à deux mains et se mit à hurler.

Jos faillit être emporté par la panique lui aussi. L'AGM voletait au-dessus des deux humains en accomplissant des cercles affolés.

Au fond de la boîte, placée sur un second morceau d'ouate, il y avait une oreille. L'oreille gauche d'une jeune fille, menue et délicate comme une fleur nouvellement éclose.

L'oreille d'Iliade, tranchée verticalement d'un coup de bistouri.

7

ONDES SIGMA

Sur l'écran de Devil s'afficha le texte suivant :

L'ADN de l'organe sectionné correspond à celui d'Iliade Tempête. Marge d'erreur : 0,01 %.

Jos frappa son bureau d'un coup de poing qui en fit craquer la surface. Effondrée dans un fauteuil, Keridwen pleurait à chaudes larmes.

Robur, réfugié dans une encoignure de la pièce, avait l'immobilité et l'aspect cadavérique d'un oiseau empaillé.

Tempête s'agenouilla près de sa compagne et lui cala la tête contre son épaule.

— Qu'allons-nous faire, Jos ?

— Négocier. On sait maintenant jusqu'où ce sadique est prêt à aller. Les fausses manœuvres ne sont plus permises.

Le cellulaire de Jos sonna.

— Journée enrichissante, n'est-ce pas, monsieur Tempête ? commença le chef du Scorpion noir. Je devine la douleur que vous et votre désirable épouse éprouvez. Mais la vie est une longue route ponctuée de souffrances.

— Cessez de faire le clown, King Yi ! J'ai le disque. Dictez-moi vos conditions.

— Je serais resté inconsolable si nous nous étions séparés sur une mésentente. Car mon admiration pour vous est sans bornes. Bien sûr, nous ne nous situons pas du même côté de cette ligne invisible qui partage l'univers en deux camps. Vous, monsieur Tempête, vous combattez le Mal. Tandis que moi, le Mal, je le fais.

— Content de voir que vous en êtes conscient !

— Mais notre rivalité ne fait pas de nous des ennemis. La vie s'accommode aussi bien des méchants que des bons. C'est la loi du Yin et du Yang.

— Épargnez-moi vos balivernes ! Où, quand, comment voulez-vous que l'échange ait lieu ?

King Yi émit un rire qui faisait songer à un bêlement :

— Ce soir, à vingt-deux heures, soyez à l'intersection du boulevard Saint-Laurent et de la rue de la Gauchetière… Oh ! il paraît que vous ne vous déplacez jamais sans une multitude d'appareils miniatures cachés dans vos vêtements, vos souliers, vos cheveux et à des endroits moins visibles de votre anatomie. Pour notre rendez-vous, assurez-vous de ne porter aucun émetteur, aucun micro, aucune arme. Uniquement votre téléphone cellulaire, nous en aurons besoin. En outre, je vous conseille d'agir seul. Que personne ne vous suive ou n'établisse de communication avec vous. N'alertez pas non plus la police. Au moindre manquement à ces conditions, votre fille si splendidement décorative cessera de vivre sur-le-champ.

Tempête se crispa, autant à cause de la menace que de l'expression «splendidement décorative» employée pour qualifier son enfant.

— Qu'est-ce qui me garantit que vous ferez honnêtement l'échange ? demanda-t-il.

— Absolument rien, monsieur Tempête. Tout ceci est une affaire de foi. Ayez donc la foi.

Il y eut un déclic dans l'appareil, suivi de la tonalité.

Tempête résuma la conversation à Keridwen. Installé sur les genoux de celle-ci, Robur écoutait avidement.

— Le rendez-vous aura lieu dans le Chinatown, acheva Jos. Choix symbolique, bien sûr. Le quartier chinois de Ville-Mary est grand comme ma poche, et on sait que les principaux repaires de la triade se trouvent ailleurs.

La femme à la peau mauve secoua énergiquement la tête :

— Je n'ai pas l'intention de perdre l'homme que j'aime en plus de perdre ma fille ! Aussitôt que tu lui auras remis le disque, King Yi vous tuera tous les deux. Il ne te laissera pas partir alors qu'il aura l'occasion d'éliminer son plus dangereux adversaire.

Tempête poussa un gémissement :

— Pourquoi Atom, Porthax et Aramax ne sont-ils pas avec moi ? Auparavant, c'était tellement plus facile ! Qui suis-je sans eux ?

— Tu es Jos Tempête, répondit son épouse avec force. L'homme qui fait peur à tous les salopards de la planète. Les circonstances de la vie ont démembré votre quatuor, mais tu as d'autres alliés, Jos. Tu as Robur et tu as ta femme. Oublierais-tu que mon cerveau produit des ondes sigma ?

Les médias ne savaient pas grand-chose à propos de Keridwen. Ils ignoraient, par exemple, que la couleur de sa peau était naturelle.

Si on leur avait appris qu'elle venait d'une autre planète, aucun journaliste ne l'aurait cru.

C'était pourtant la vérité. La femme de Jos Tempête était une Extraterrestre. Son monde d'origine s'appelait Tintagel, un astre fort lointain, orbitant autour de l'étoile Sol-182 de la galaxie M31.

Comme tous les Tintageliens, Keridwen était télépathe de naissance. Dès les premiers instants, elle avait capté les pensées des gens de son entourage, pensées qu'elle était évidemment trop jeune pour comprendre. Voilà pourquoi ses parents lui avaient enseigné très tôt les rudiments du Brân Vendigeit.

Il s'agissait d'une discipline mentale visant à maîtriser la télépathie. Mais elle servait d'abord à empêcher l'invasion de son propre esprit par celui des autres.

Les dons télépathiques des Tintageliens ne faisaient que grandir au fil des ans. Si Keridwen avait délaissé les exercices du Brân Vendigeit, son cerveau serait redevenu aussi facile à pénétrer que durant son enfance. Elle aurait alors été sans cesse bombardée par les pensées innombrables qui circulaient autour d'elle. Les habitants de Tintagel qui ne pratiquaient pas le Brân Vendigeit sombraient peu à peu dans la démence.

— Mais comment pourrais-tu utiliser tes pouvoirs ? s'étonna Jos, un peu effrayé. Le Brân Vendigeit…

— … ne diminue en rien notre faculté de lire dans les esprits. Il nous permet plutôt d'endiguer cette faculté, de la contrôler. Quant au serment que les Tintageliens doivent prêter à leur maturité, il s'annule lorsqu'on fait partie de l'ordre Myrddin-Galahad. Même si j'ai décidé de vivre parmi les humains, j'appartiens toujours à la confrérie des guerriers de Tintagel.

Croyant deviner où son épouse voulait en venir, Jos se révolta :

— Je ne veux pas que tu souffres !

— Tu as mal compris. Le contact télépathique, je ne l'établirai pas avec toi. Cela me demanderait trop d'énergie et ce serait si douloureux que j'en garderais des séquelles.

La Tintagelienne esquissa un sourire, puis elle désigna le harfang des neiges :

— Robur sera parfait pour cette opération.

8

LES NEURONES
DE PORTHAX

Porthax habitait à l'angle du boulevard Saint-Laurent et de la rue Jules-Verne. Le troisième étage de la demeure lui servait de logis. Le deuxième abritait son laboratoire. Le premier se subdivisait en salles d'étude parmi lesquelles on comptait une impressionnante bibliothèque. La partie la plus incongrue était le rez-de-chaussée où se trouvait une salle de gym. Que venait faire cette pièce, dont la moitié était occupée par une arène de lutte, dans une maison habitée par un scientifique ?

À l'Université McGill, où il était professeur et jouissait d'une enviable réputation, Porthax était connu sous le nom du docteur Louis Robert. Cette réputation aurait cependant été ternie si ses collègues avaient su qu'il menait une double vie.

Une triple vie plutôt, car ses aventures aux côtés de Jos Tempête n'étaient pas étalées sur la place publique.

Le dernier volet de sa personnalité — le plus secret des trois — était pourtant montré en pleine lumière, sous les projecteurs.

Le Dr Robert, en effet, était aussi lutteur à temps perdu.

Camouflé sous un costume, il enivrait alors ses admirateurs par ses performances éblouissantes. Ses cent trente kilos de muscles, répartis sur un squelette d'un mètre soixante et un, le servaient à merveille dans ses combats. Si ses participations aux programmes de lutte étaient assez rares, Porthax le gladiateur possédait néanmoins le statut d'une vedette.

Lorsque Tempête s'introduisit dans la salle de gym, Louis Robert transpirait allègrement au milieu du ring, brandissant au-dessus de sa tête un partenaire plus costaud que lui. Au bruit que fit Jos en s'approchant, le lutteur intellectuel tourna la tête.

— Jos ! lâcha-t-il avec étonnement.

Comme s'il avait oublié ce qui l'occupait, il laissa retomber ses bras le long de son corps. Son partenaire s'abattit avec fracas sur le plancher. Porthax sauta par-dessus les cordes.

— Ça fait une éternité, Jos ! Je suis content de te revoir !

— Moi aussi, répondit Tempête.

L'homme abandonné dans l'arène poussa un gémissement.

— Cesse de jouer la comédie, Lex ! lui lança l'universitaire. Il reste une bière ou deux dans le frigo. C'est un remède éprouvé contre les blessures mortelles.

Éloignant son visiteur du ring, Porthax le regarda droit dans les yeux :

— J'aimerais croire que tu viens pour avoir de mes nouvelles. Mais je te connais. Il se passe quelque chose.

— J'ai besoin de tes neurones, mon vieux. Encore une fois. Je veux savoir ce qu'il y a là-dedans…

Tempête sortit le CD de sa poche.

— Suis-moi au labo, l'invita son ami. Porthax te réglera ça en un clin d'œil.

*   *   *

— Où as-tu déniché ce disque, Jos ? Je n'avais jamais vu un cryptage pareil. On dirait que le programmeur a voulu se moquer de nous. Une fois qu'on a trouvé le « Sésame, ouvre-toi », tout devient facile. Mais on a d'abord l'impression qu'on n'y arrivera jamais.

— Tu en conclus quoi ?

— Le rigolo ne tenait pas tant que ça à ce que ces données demeurent secrètes. Il voulait qu'elles soient décodées, mais seulement par quelqu'un qui soit prêt à se donner du mal.

Tempête commença à lire le texte à l'écran.

— Une liste d'entreprises, murmura-t-il. Noms, adresses, membres du conseil d'administration, chiffres d'affaires des dernières années…

— Des compagnies immobilières surtout. Par contre, ces deux-là sont des banques. Et ici, un restaurant chinois très connu.

— Un salon de teinture intégrale, trois salons de massage, une agence de mannequins, des bars de danseuses… Et ces adresses sans nom : sûrement des endroits louches…

— Je te signale que tu ne m'as pas encore dit comment tu t'étais procuré ce CD.

Tempête fit quelques pas autour du bureau où

était disposé l'ordinateur de son compagnon. Porthax l'observait, soucieux, un peu triste.

Jos se décida :

— Iliade a été kidnappée par le Scorpion noir.

— Je peux t'aider ? demanda Porthax.

Tempête eut un sourire sans joie :

— Comme dans le bon vieux temps ?

— Oui, pourquoi pas ?… À nous quatre, on formait une équipe imbattable. Rien qu'à entendre nos noms, les exploiteurs se mettaient à trembler. Je regrette ce temps-là, Jos. Pas toi ?

— Il m'arrive d'y penser, grommela Jos en baissant la tête.

Aussitôt, il maudit son orgueil qui l'empêchait de se confier ouvertement à son ami.

— Tu viens de m'apporter une aide énorme, ajouta-t-il en reprenant contenance. Si j'ai raison, le contenu du CD est explosif. À mon avis, ces entreprises, ces institutions financières, ces commerces constituent la filière par laquelle le Scorpion noir blanchit son argent.

Porthax émit un sifflement :

— La publication de cette liste signifierait l'anéantissement de la triade en Nouvelle-Amérique.

— D'où la question suivante : qui aurait intérêt à ce que ce document soit diffusé ? En d'autres termes : à qui profiterait la disparition du Scorpion noir ? À une bande rivale, certainement. Assez forte et assez culottée pour déclarer la guerre à la triade.

— Les Russes ?

— L'informateur d'Iliade avait un accent d'Europe de l'Est. Ça ne prouve rien, mais…

— Récapitulons, proposa Porthax en se levant. La mafia russe cherche à déloger le Scorpion noir du pays. Elle mène une recherche poussée sur les activités de son adversaire. Les résultats de cette recherche sont enregistrés sur un disque. Puis ce disque est refilé à la fille du plus grand chasseur de crapules de tous les temps. L'objectif, c'est que le redresseur de torts utilise ces renseignements pour détruire les bases sur lesquelles la triade a édifié son monopole.

— Continue.

— Le plan des Russes ne se déroule toutefois pas comme prévu. Le Scorpion noir a vent de l'opération. Il apprend ensuite qu'une petite journaliste a été contactée par un agent russe et que celui-ci lui remettra un document sur le Scorpion noir. Des *Sze Kau* suivent la fille afin de lui dérober le disque. Mais la demoiselle est futée et, en plus, elle porte les gènes de Jos Tempête. Quand les Chinois investissent son appartement, le CD est déjà en route pour la Tour de Justice. On kidnappe alors la fillette en espérant que son papa acceptera de faire l'échange.

— Le papa a accepté, laissa tomber Tempête.

Porthax s'assit sur le coin d'une table, croisa les bras et dévisagea son visiteur.

— J'aimerais t'aider à tirer Iliade des griffes du Scorpion noir. Lors de ma prochaine visite chez toi, je tiens à embrasser ta fille comme d'habitude.

— C'est généreux de ta part. Pourrais-tu me copier ce CD ? Maintenant que je connais sa valeur, je ne tiens plus à en faire cadeau à King Yi. Si j'ai un double en réserve, il négociera sérieusement au lieu de me faire des entourloupes.

— Impossible, Jos. Le disque a été formaté selon un code qui interdit le piratage. Tous ses éléments sont verrouillés. Je ne pourrais même pas en imprimer le contenu.

— Quoi ?

— L'original sera ta seule monnaie d'échange. Mais puisque tu tiens à conserver ces informations, je ne vois qu'une manière de procéder. Tu connais ma mémoire. Je suis capable de lire un bouquin de deux mille pages et de le réciter par cœur un an plus tard sans omettre une virgule. Laisse-moi lire le document et tu auras ta copie à l'intérieur de ma tête.

Jos hésita, puis il consulta sa montre.

— Pas le temps : ce fichu rendez-vous est à vingt-deux heures.

Tandis que Tempête se penchait pour commander l'éjection du CD, Porthax lui plaqua une main sur l'épaule. L'aventurier affronta son regard.

— Je suis *toujours* avec toi, déclara le scientifique. *On est* toujours avec toi. La vie nous a entraînés sur des chemins différents, d'accord. Quand on n'est plus des gamins, c'est inévitable. Mais on est restés les mêmes tous les trois, et on croit encore aux mêmes choses.

— Y compris Aramax ? fit Jos d'un air narquois.

— Y compris Aramax. Dans son cas, les apparences sont trompeuses et c'est exactement ce qu'il veut.

La grosse main de Louis Robert était toujours appuyée sur l'épaule gauche de Tempête. Celui-ci chercha à se dégager, mais le gladiateur le retint.

— Un de ces jours, insista Porthax, il faudra qu'on ait une franche conversation. Je pense qu'on est mûrs pour ça. Il n'y a rien que je déteste davantage que les malentendus.

9

TRIBULATIONS
À LA CHINOISE

La montre de Jos marquait 22 h 05 et rien ne s'était encore produit.

Attendre.

Se ronger les sangs. Se demander où Iliade était séquestrée.

La maintenait-on inconsciente à grandes doses de tranquillisants ? Ses liens lui sciaient-ils les poignets et les chevilles ? Lui avait-on tranché l'autre oreille ? Le nez ? Un doigt ? Ces sadiques s'étaient-ils amusés à lui arracher un œil ?

Se demander d'abord si elle était vivante.

Attendre.

À l'angle de Saint-Laurent et de la Gauchetière,

Jos n'arpentait pas le trottoir. Il regardait à peine les passants, les fêtards, les voitures qui roulaient vers le nord. Il ne bougeait pas. Respirait profondément. Détendait ses muscles en prévision de l'affrontement qui ne tarderait pas. L'enjeu était la survie de sa fille et il était prêt à tout pour elle.

Le ciel, à l'ouest, retenait amoureusement les lueurs roses et vertes du soleil évanoui.

Autour de Tempête : le Chinatown. Presque une caricature, faisant à peine douze rues de long sur trois de large. Depuis le milieu du XXe siècle, les Asiatiques avaient déménagé vers d'autres quartiers de Ville-Mary, mais on y respirait encore les relents d'un passé exotique.

Ainsi les deux arches rouge et or qui délimitaient cette partie du boulevard Saint-Laurent. Des enseignes criardes, lumineuses et colorées, recouvraient les façades. Sur les trottoirs, les épiciers chinois et vietnamiens avaient dressé leurs étals. Les interjections fusaient en mandarin, en cantonais, en chao-chun ou en fu-chian. Des dragons de papier serpentaient dans la rue, au milieu des voitures et des marcheurs.

Plus loin, rue Saint-Dominique, les curieux s'attroupaient pour un spectacle de judokas. Au-dessus des immeubles explosait parfois un feu d'artifice dont les gerbes luttaient contre l'éclat des néons et des lampadaires.

22 h 10.

Quand le téléphone sonna, Jos sentit l'adrénaline gicler dans tout son corps.

— Me voici débordant de félicitations, cher monsieur Tempête. Selon toute apparence, vous vous êtes humblement incliné devant mes instructions. Mais permettez-moi de vous rappeler que la vie est éphémère. Un seul coup fourré de votre part et nous anéantissons votre fille.

— J'avais très bien compris.

— Continuez à m'obéir, laissez-vous aller, détendez-vous. Il n'y a rien de plus reposant pour l'âme que de se délester du poids de ses responsabilités.

Tempête dirigea son regard vers le sud, espérant distinguer la silhouette de Robur au faîte des seize étages du Palais de la Consommation. Mais les ténèbres du ciel cachaient le sommet de l'édifice. En outre, celui-ci était assez éloigné de Jos.

— Marchez vers la gauche, ordonna King Yi. Arrivé au boulevard René-Lévesque, tournez à gauche.

*   *   *

Robur éprouve chagrin. C'est mot qu'ils disent. Robur a lu mot dans gros livre avec beaucoup pages.

Chagrin : tristesse, peine, lassitude, cafard, idées noires.

Robur sait lire. Maître appris à Robur. Robur aime maître.

Robur aime aussi Keridwen et Iliade.

Télépathie… Pas regardé dans gros livre, mais essayé avec Keridwen.

Voix de Keridwen dans tête de Robur. Bizarre. Fatigue.

Keridwen a dit : attention, pas longtemps, fatigue.

Maître est loin. Là-bas. Petit dans yeux de Robur. Mais Robur voit maître très bien. Robur bons yeux, car Robur harfang des neiges. Lu dans gros livre : cellules réceptrices plus nombreuses que œil humain.

Maître petit sur petit chemin. Robur en haut grande maison. Robur immobile.

Maître marche vers grand chemin avec beaucoup de voitures qui courent vite et qui ont des yeux de lumière. Robur sait voiture.

Maître tourne derrière maison et Robur ne voit plus maître.

Robur quitte toit et glisse sur l'air avec ses ailes. Robur aime glisser.

Toujours voir maître, Keridwen a dit. S'amuser, non. Chasser souris, non. Robur aime souris, mais manger, non maintenant.

Maître ne bouge plus. Il parle avec téléphone. Robur sait téléphone, mais n'aime pas bruit téléphone.

Maître monte dans taxi avec lumière sur le toit. Robur sait taxi.

Taxi bouge. Taxi court vite sur grand chemin.

Où maître parti ?

*   *   *

À un kilomètre de là, dans la petite rue Saint-Édouard, Keridwen ouvrit les paupières.

La voix de Robur venait de percer son esprit.

La femme à la peau mauve tourna la clé du démarreur.

« C'est commencé », se dit-elle en repoussant l'angoisse qui la cernait.

Elle commanda au harfang des neiges :

Suis Jos. Ne le perds pas de vue. Suis-le où qu'il aille et tiens-moi informée.

La migraine amorça sa fanfare. Mais c'était tolérable. Le lien télépathique avec un oiseau engendrait une douleur cent fois moins forte qu'avec un humain.

Pas question d'abuser, cependant. Le harfang génétiquement modifié possédait un cerveau plus complexe que celui d'un chimpanzé.

Méditer entre deux contacts. Discipliner son esprit selon les règles du Brân Vendigeit.

Pas facile en conduisant. Surtout au milieu d'un tel trafic.

Elle quitta la rue Bleury et prit le boulevard René-Lévesque jusqu'au premier carrefour. Là, elle tourna à gauche, roula rue Jeanne-Mance le long du complexe Claude-Béland, puis elle s'engagea rue Sainte-Catherine.

Suivre son mari de trop près aurait risqué de faire échouer le plan. Combien de *Sze Kau* étaient planqués dans les parages, armés de jumelles à vision nocturne, de détecteurs et du reste de leur quincaillerie ? S'ils découvraient le moindre signe leur révélant que Jos avait un auxiliaire, papa et maman Tempête pouvaient dire adieu à leur fille.

L'important était de ne pas se laisser distancer. Son époux finirait par aboutir quelque part. Lorsque King Li lui prendrait le disque, Keridwen se rapprocherait de son mari. Si le bandit manquait à sa parole — ce qui était plus que probable — elle interviendrait.

Le coffre de sa voiture contenait une panoplie

d'armes dont elle savait se servir. Elle avait l'expérience des combats pour avoir fait la guerre sur Tintagel, au sein du Myrddin-Galahad.

*   *   *

— Encore un taxi ? gueula Tempête dans le cellulaire. Ça fait une heure que vous me trimbalez dans toute la ville ! Pourquoi ces détours qui n'en finissent plus ?

— Parce que je ne suis pas encore convaincu que personne ne vous suit. Cette loyale réponse vous satisfait-elle ?

Le précédent taxi avait laissé Jos à l'intersection de Trudeau et de Houde, dans le nord-ouest de Ville-Mary. Une nouvelle voiture — la cinquième depuis son départ du Chinatown — venait de se garer près de lui. Chaque fois, un Asiatique conduisait, toujours sourd à ses questions.

— Prenez place sur la banquette, l'invita le chef du Scorpion noir. Je vous assure que votre calvaire tire à sa fin. Profitez de la promenade. N'importe quel touriste vous envierait une visite de la ville à si bas prix.

*   *   *

Robur fatigué.

Fatigué glisser. Fatigué surveiller maître avec œil supérieur. Fatigué parler Keridwen.

Ville grande. Taxis nombreux. Trop de lumières sur grands chemins.

Besoin de repos.

* * *

L'Extraterrestre hurla mentalement:

Il n'est pas question que tu abandonnes! Pense à Iliade! Continue, Robur, je t'en supplie!

Toi chagrin? s'informa le harfang des neiges. *Idées noires?*

Beaucoup de chagrin, fit Keridwen bloquée rue Rockland par un bouchon de circulation. *Mais mon chagrin sera irréparable si je ne revois plus ma fille.*

Robur comprend. Robur aime Iliade aussi. Robur continue. Repos plus tard.

Tempête roulait en autobus à présent: un véhicule du transport public, bourré de fêtards agités, sans *Sze Kau* au volant.

Debout à l'arrière, entre deux ados chancelants, il fulminait.

Ces tribulations absurdes l'avaient presque ramené à son point de départ. Le Chinatown ne se trouvait qu'à un demi-kilomètre. À travers les vitres, côté sud, les installations portuaires se profilaient, couronnées des lumières de l'île Sainte-Hélène.

Il était plus de minuit. Le spectacle multiethnique du parc Jean-Drapeau était terminé. D'une minute à l'autre, on lancerait les feux d'artifice.

Le cellulaire sonna.

— Cette comédie a assez duré ! cracha Tempête dans l'appareil. Dites-moi où se trouve ma fille ou je quitte ce véhicule !

À part les deux jeunes qui le flanquaient, personne ne parut troublé par cette injonction. Le garçon de droite leva péniblement la tête et dévisagea Jos de son regard vitreux. Celui de gauche éclata d'un fou rire marijuanesque.

— Seriez-vous devin ? ironisa King Yi. Justement, je m'apprêtais à vous demander de descendre au prochain arrêt.

*   *   *

Robur glisse, glisse, glisse…
Chagrin ! Mal pour Iliade et pour maître, pour Keridwen et son chagrin irréparable !

Car Robur ne voit plus le maître ! Le maître a disparu ! Robur a perdu le maître !

Robur affolé ! Robur peur comme souris quand Robur chasse !

* * *

Keridwen gémit en plaquant ses mains sur son visage.

Bifurquant à droite, sa voiture fonça vers une familiale stationnée. L'Extraterrestre lâcha l'accélérateur, reprit le volant et parvint à redresser son véhicule. Elle parcourut encore quelques mètres rue Dunkirk, au ralenti, et tourna à l'intersection. Sans se préoccuper des autos qui la suivaient, elle stoppa et tira le frein à main. Des coups de klaxon éclatèrent derrière elle.

Keridwen ? appelait l'oiseau. *Keridwen ? Parle ! Parle à Robur ! Robur a peur pour Keridwen !*

C'était fini. Son plan avait échoué. Mais comme rien n'est plus tenace que l'espoir, la Tintagelienne réunit ses forces pour un dernier contact :

Tu ne vois vraiment plus Jos ? Regarde attentivement, Robur. Regarde partout. Tu es absolument sûr de l'avoir perdu ?

Durant quelques secondes, il n'y eut que le silence dans son esprit.

Maître disparu, lui confirma l'oiseau. *Robur demande pardon. Robur malheureux.*

Les épaules de Keridwen s'affaissèrent. Ses paupières se fermèrent. Elle était vidée. Une aiguille immatérielle lui perçait le crâne, d'une tempe à l'autre. Son cœur battait la chamade jusque dans sa tête.

Iliade mourir ? demanda encore le harfang.

10

L'ŒIL
DU CYCLOPE

Tous ses sens disaient à Jos que le quai était désert.

Comme cela lui était souvent arrivé au cours des dernières heures, il avait envie de saisir son téléphone et de hurler aux oreilles du *Shan Chu*. Mais seul son ennemi avait la possibilité d'établir la communication. King Yi était le maître du jeu.

Hangars, grues et ponts roulants dressaient leurs silhouettes noires sur le fond lumineux de la ville. Vers l'est, non loin du Stade olympique invisible toutefois de cette partie du port, le ciel se remplissait des couleurs fugitives du feu d'artifice.

Jos distingua, après la jetée, le mât et la cabine de pilotage d'une embarcation. Silencieux et alerte comme un prédateur en chasse, il se glissa dans cette direction.

C'était un yacht de croisière long d'une vingtaine de mètres. Presque neuf, autant que la pénombre permettait d'en juger. Moteur et feux de position éteints, aucune lampe allumée derrière les hublots. À l'extrémité du mât flottait l'emblème de la triade : un poignard acéré dont le manche avait la forme d'un scorpion en position d'attaque.

« Me voici arrivé à destination », pensa Jos avec une pointe de soulagement.

Puis il se ravisa. Non, il était peu probable que l'échange ait lieu à bord de ce navire. À l'instar du quai, le yacht paraissait vide de toute présence humaine.

« Iliade n'est pas ici. Dans le cas contraire, je sentirais sa présence. »

Au cours de sa longue carrière, Tempête avait appris à se fier à son sixième sens particulièrement développé.

Le téléphone ne sonnait pas.

Jos prit son élan et bondit par-dessus le bastingage. Rien ne se passa quand il eut atterri bruyamment sur le pont promenade.

Il se faufila jusqu'à la porte donnant accès à la

cabine des passagers. Lorsqu'il l'eut atteinte, il posa la main sur la poignée, tourna celle-ci et poussa le battant.

L'intérieur était conforme à ses prévisions.

Quatre rangs de fauteuils disposés par paires, une étroite allée centrale. À l'autre extrémité, un comptoir et des distributeurs automatiques de boissons gazeuses.

Tout était conforme sauf cet engin évoquant un pistolet de gros calibre, qui flottait au centre du passage, à un mètre au-dessus du parquet.

Mais l'objet braqué sur lui n'avait rien d'une arme. C'était une caméra. Malgré l'obscurité qui remplissait la petite salle, Jos en distinguait maintenant le zoom en position macro. L'épaisse lentille semblait l'observer tel l'œil unique d'un cyclope.

«Une aérocaméra, s'étonna-t-il. Chapeau, King Yi! J'ignorais que tu avais cela à ta disposition.»

Cet appareil était censé n'exister qu'au stade expérimental. Outre les capacités dévolues à tout type de caméra, il en possédait deux autres. Premièrement, chacune de ses fonctions pouvait être activée à distance. Deuxièmement, il était muni d'un dispositif qui lui permettait de se déplacer avec la vitesse et l'agilité d'un oiseau.

Dans les milieux bien informés, personne n'ignorait qu'une cohorte de scientifiques et de techniciens avaient vendu leur âme à la société du Scorpion noir.

Lorsque Jos fit un pas dans l'allée, l'aérocaméra recula de quelques centimètres. L'oreille exercée de Tempête capta ensuite un faible ronronnement. En dépit de la distance, son regard distingua le mouvement à peine perceptible de la bague de réglage pivotant autour du zoom.

— King Yi ! appela-t-il, convaincu que l'émetteur-récepteur de l'appareil diffuserait ses paroles là où le *Shan Chu* était caché. Cessez de jouer au voyeur et manifestez-vous avant que j'en aie vraiment marre !

Comme le silence persistait, il s'avança encore. Aussitôt, la caméra se déplaça elle aussi, de manière à conserver la distance qui la séparait de sa cible. Le ronronnement se répéta, accompagnant une nouvelle mise au point du zoom.

Tempête plongea la main dans une poche intérieure de sa combinaison et en sortit le CD qu'il brandit au-dessus de sa tête.

— J'ai apporté le document. Fiez-vous à moi : c'est l'original.

N'obtenant toujours aucune réponse, il reprit lentement sa marche le long de l'allée centrale. Durant les secondes qui suivirent, le ronronnement de l'aérocaméra ainsi que les craquements du plancher furent les seuls bruits perceptibles à l'intérieur de la cabine.

Soudain une alarme retentit, assourdissante, douloureuse comparée au quasi-silence auquel Jos s'était habitué. Même s'il exerçait une grande maîtrise sur ses nerfs, il n'avait pu s'empêcher de tressaillir.

Il balaya du regard tout ce qui l'environnait : les parois percées de hublots, le plafond, la double rangée de sièges... Enfin, il aperçut les deux plaques métalliques vissées dans l'accoudoir des fauteuils qu'il avait dépassés. Ces plaques étaient disposées face à face de chaque côté du passage.

« Des détecteurs !... Mais comment se fait-il que le signal se soit déclenché ? »

En effet, il ne portait sur lui aucun objet susceptible d'activer les cellules sensibles. Il s'était même débarrassé plus tôt de sa montre et de ses pièces de monnaie, obéissant en cela aux instructions de King Yi.

Ayant remis le CD dans sa poche, il leva les mains et plongea les yeux dans l'objectif de l'aérocaméra.

— Qu'est-ce qui se passe ? cria-t-il afin de dominer le vacarme du signal sonore. Je vous ai obéi au doigt et à l'œil, King Yi ! Vous ne trouverez sur moi aucune arme ni aucun émetteur !… Allez-vous me répondre, à la fin ?

— Vous mentez ! décréta la voix du *Shan Chu*, qui semblait provenir de partout en même temps. Vous avez honteusement trahi votre parole ! L'intégrité physique et l'existence même de votre enfant comptent-elles donc si peu pour vous ?

Déconcerté et furieux, Jos répliqua :

— Je n'y comprends rien ! Expliquez-moi ce qui se passe au lieu de me débiter des idioties !

— Détruisez cet émetteur ! Je ne sais pas ce qui me retient de faire trancher la seconde oreille de votre fille !

— Mais de quel foutu émetteur parlez-vous ? Où est-il ? Je vous répète que…

Le chef du Scorpion noir l'interrompit :

— Retirez-le et jetez-le au sol. Immédiatement !

Comprenant qu'il avait intérêt à se dépêcher, Tempête procéda à une fouille rapide de ses vêtements. Lorsque sa main tâta son épaule gauche, il sentit la présence d'une bosse minuscule. Il glissa les doigts sous l'encolure de sa chemise, jusqu'à toucher sa clavicule.

La stupéfaction court-circuita son esprit durant une pleine seconde. Un petit objet avait été piqué dans son muscle trapèze comme une punaise dans un tableau de liège !

L'ayant retiré de son épaule, il l'examina un instant. C'était bel et bien un émetteur. Un de ces bidules gros comme une tête d'épingle, que l'on pouvait enfoncer dans la peau de quelqu'un sans qu'il s'en aperçoive.

« Qui m'a planté ça dans l'épaule ? » se demanda-t-il avec horreur.

Impossible que ce soit Keridwen. Qui, alors ? Un soldat anonyme de la triade, qu'il aurait croisé au cours de la soirée ? Dans l'affirmative, cet émetteur faisait partie de la mise en scène. Bref, le *Shan Chu* cherchait à le déstabiliser en semant la confusion en lui.

Jos écrabouilla le minuscule objet sous son talon. Instantanément, le signal se tut.

— Vous êtes satisfait ? marmonna-t-il.

— La présence de cet émetteur implique qu'en dépit de notre entente vous vous êtes assuré la collaboration de certains alliés. Cela change tout. Désormais, il ne m'est plus possible d'investir en vous la moindre parcelle de confiance.

— Mais à quel jeu tordu jouez-vous ?

En réponse à la question de Tempête, un ronflement débuta soudain, provenant des entrailles du navire. Au même instant, le plancher de la cabine se mit à vibrer.

« Il a télécommandé la mise en marche du moteur ! Dans une minute, ce yacht fendra les eaux du fleuve en m'emportant avec lui ! Pas de ça. Il est temps de filer. »

Jos s'élança vers la porte par laquelle il avait pénétré dans la petite salle. Tandis qu'il courait, il entendait derrière lui le ronronnement du réglage de l'aérocaméra.

Il lui restait moins d'un mètre à franchir lorsqu'il entra en collision avec une masse solide. La violence de l'impact le jeta au sol. Relevant la tête, il chercha des yeux ce qui avait bien pu l'arrêter ainsi.

Aucun obstacle n'était visible entre lui et la porte.

11

PRISONNIER!

Tempête se remit sur ses pieds et tendit un bras en direction du battant. En chemin, ses doigts rencontrèrent une surface rigide et impénétrable que ses yeux, toutefois, ne percevaient toujours pas.

«Un écran électromagnétique! Ce salopard de King Yi ne se prive de rien!»

L'issue principale lui était donc interdite. En existait-il une seconde? Il fouilla du regard le fond de la cabine, là où se trouvaient le comptoir et les distributeurs automatiques.

Était-ce une illusion? La plus grosse machine, celle adossée à la paroi de gauche, semblait lui dérober une ouverture.

Quand Jos se précipita, l'aérocaméra effectua une étrange manœuvre, comme si la vitesse de l'aventurier l'avait surprise. Au lieu de s'éloigner, elle s'éleva jusqu'au plafond et fonça à sa rencontre. Lorsqu'elle passa au-dessus de lui, à mi-parcours de l'allée, Tempête projeta son poing en l'air et la frappa si durement qu'elle éclata en morceaux.

Rendu au distributeur, Jos comprit qu'il avait vu juste : à droite de la machine se trouvait une deuxième porte, plus étroite et plus basse que la première.

Il marcha vers elle mais, comme cela s'était déjà produit, un écran invisible l'arrêta.

Le grondement du moteur ainsi que les vibrations avaient faibli. Par les hublots, on voyait que le yacht naviguait vers la sortie du port.

« Non, tu ne me kidnapperas pas à mon tour ! »

Jos se rua vers le hublot le plus proche, déterminé à trouver un moyen de le briser afin de se glisser ensuite par l'ouverture.

À quelques centimètres de la fenêtre, sa main heurta une barrière translucide, aussi impénétrable que les précédentes.

L'embarcation prenait de la vitesse. Le pont Concordia, qui reliait Ville-Mary à l'île Sainte-Hélène, venait d'apparaître par les hublots de tribord.

« Comment s'évader d'un navire que la technologie a transformé en prison ? »

Il scruta à nouveau l'intérieur de la cabine, dans l'espoir qu'un détail quelconque ferait jaillir une solution. Son regard, après un tour complet, revint aux distributeurs automatiques.

Une idée lui traversa l'esprit. Elle avait pour nom : combattre le feu par le feu.

Arc-bouté à la paroi, il poussa la machine jouxtant l'entrée secondaire jusqu'à ce que sa partie postérieure soit entièrement dégagée. Ensuite, il saisit à pleines mains le câble d'alimentation et, d'une violente secousse, il l'arracha du panneau arrière du distributeur. Il y eut un grésillement, des étincelles s'égaillèrent autour des fils sectionnés, et une odeur de brûlé se répandit dans l'air.

Tempête s'avança vers la porte sans lâcher le câble. Celui-ci était toujours chargé d'électricité, car son autre extrémité demeurait branchée dans la prise.

Il hésita un instant. Puis, étirant son bras qui retenait le câble, il approcha les fils sectionnés de l'endroit où se dressait tout à l'heure l'écran électromagnétique. Un bruit d'explosion, très bref, retentit lorsque les filaments entrèrent en contact avec la barrière invisible. Simultanément, un éclair aveuglant jaillit du câble pour se propager à une vitesse folle sur tout le pourtour de la cabine.

Cela ne dura que quelques instants. Le calme revenu, Jos tendit la main vers la porte. Il n'y eut, cette fois, aucune résistance.

Il tira le battant et sortit sur le pont promenade.

La rapidité du yacht engendrait une petite brise. Ayant dépassé le pont Concordia, le navire longeait l'île Sainte-Hélène en direction de l'est.

Quelle était sa destination ?

Jos ne s'attarda pas à cette question plus d'une seconde. Trois cents mètres, pas davantage, séparaient l'embarcation du quai Victoria. Enjambant le bastingage, le justicier se laissa glisser dans l'eau noire, que constellaient les reflets agités des lumières environnantes.

Le fleuve était tiède. Le courant, quasiment nul. Seul véritable désagrément : la pollution, réapparue depuis que l'État ne faisait plus respecter les règlements.

Tandis qu'il nageait, Jos se demanda s'il avait pris la bonne décision. Sa fuite aurait pour conséquence de laisser Iliade à elle-même. Resté à bord du yacht, sans doute aurait-il été capturé, mais il se serait rapproché de son enfant. Père et fille auraient peut-être même été réunis. À présent, tout espoir de sauver la captive paraissait envolé.

«Je refuse le désespoir, se dit-il. Jamais je n'ai abdiqué devant un ennemi. Je ne jetterai sûrement pas l'éponge maintenant, dans ce combat dont l'enjeu est la vie de ma fille.»

Non, la partie n'était pas terminée. Rien n'était perdu puisqu'il possédait toujours ce disque dont la valeur semblait inestimable aux yeux de King Yi. Le chef du Scorpion noir le contacterait de nouveau, et cela risquait de se produire assez vite.

Autre sujet d'inquiétude: le danger de représailles contre Iliade. Déjà le *Shan Chu* n'avait pas hésité à lui faire trancher une oreille. Tempête faillit rebrousser chemin afin de remonter à bord du navire si c'était encore réalisable.

«Le CD est ma seule monnaie d'échange, tenta-t-il de se convaincre. Si King Yi me capture, il récupère automatiquement le disque. Fini alors les négociations. Et fini Iliade.»

Il choisit donc, malgré ses remords, de garder le même cap.

La distance n'était plus que de cent mètres entre lui et le quai lorsque son sixième sens lui lança une alerte. Cessant de nager, il promena son regard à la surface des flots. Puis, n'ayant rien vu de menaçant, il leva la tête et scruta le ciel.

Provenant du nord-ouest et se dirigeant vers lui, une espèce de bulle de savon, d'une taille démesurée, se déplaçait dans l'air. Cela relevait de l'impossible, et pourtant Tempête n'avait pas la berlue. Il s'agissait bel et bien d'un gigantesque globe translucide, à l'enveloppe diaprée et si peu rigide d'aspect qu'elle tremblotait sous la brise légère.

La vitesse de la sphère était certainement très grande, car quelques instants plus tard elle l'avait rejoint. Elle piqua sur lui, sans ralentir, tel un rapace se jetant sur sa proie.

Jos plongea.

Ses capacités physiques exceptionnelles, conjuguées à un long entraînement, l'autorisaient à demeurer en apnée pendant cinq minutes. Cela lui suffisait amplement pour franchir la distance qui le séparait du port.

Malheureusement, ce calcul ne tenait pas compte de l'imprévisible. Tempête était à peine immergé qu'il sentit l'eau remuer autour de son corps, comme si un objet très lourd avait crevé la surface du fleuve. Il pivota sur lui-même, juste à temps pour voir la bulle surgir devant lui, si proche qu'il aurait pu la toucher.

Il accéléra sa nage. Peine perdue : la sphère le rattrapa, s'appuya sur son dos. Comme si une monstrueuse bouche s'était ouverte en elle, elle avala Jos d'un seul coup, à la façon d'un lézard gobant une mouche.

Décontenancé par cette invraisemblable manœuvre, étonné aussi de constater que pas une goutte d'eau ne s'infiltrait dans le globe, Tempête essaya de s'agripper à la paroi interne. En vain : ses mains ne trouvèrent aucune prise.

Il se laissa glisser sur la pente incurvée et atteignit le fond de la sphère.

La bulle remonta très vite à la surface. Elle s'arracha au fleuve pour bondir dans les airs en direction du port. À travers le fond transparent où il se tenait accroupi, Jos observa les flots noirs qui couraient sous la sphère.

Celle-ci survola le quai Victoria avant d'infléchir son vol et d'atterrir derrière un hangar.

S'étant mis debout, Tempête tâcha de déchirer la membrane avec ses ongles. Devant l'inefficacité de cette action, il donna des coups de poing, sans plus de résultat. La matière inconnue qui composait le globe était aussi dure que du béton.

Un nouveau phénomène tout aussi hallucinant se produisit alors. La bulle se mit à rétrécir ! Le plafond s'abaissa jusqu'au crâne du prisonnier tandis que les parois latérales adhéraient à son corps. En un rien de temps, Tempête se trouva emmailloté dans un cocon qui l'empêchait d'effectuer le moindre geste.

Comme par miracle, aurait-on dit, il respirait toujours librement. Sa vue, elle non plus, n'était pas gênée. À travers l'enveloppe translucide, il aperçut donc les deux individus qui marchaient vers lui après avoir quitté l'ombre du hangar.

Un homme et une femme. Le premier était un gnome aux membres d'insecte, au visage mal esquissé. La deuxième, une armoire à glace d'une laideur repoussante.

Jos se souvint des signalements fournis par le gardien du *Grand Duc*. Les deux truands qui s'approchaient, sourire de triomphe sur les lèvres, étaient ceux-là mêmes qui avaient kidnappé sa fille dans l'après-midi.

Enragé de s'être laissé prendre, frustré d'avoir été réduit à l'impuissance, il ouvrit la bouche pour lancer une insulte. Mais une sensation de froid intense se répandit dans son cerveau et il comprit qu'il s'évanouirait d'une seconde à l'autre.

Juste avant de fermer les yeux, il eut une dernière pensée :

« Kapout le père. Kapout le document. Kapout la fille. Pardonne-moi, Iliade. Je n'ai jamais été aussi désolé de toute ma vie. »

Et les ténèbres engloutirent ce qui lui restait de conscience.

12

LE TRIANGLE-FOSSE

Un grésillement remplaça le vide où Jos s'était noyé.

Mais ce bruit ne venait pas seul. La douleur l'accompagnait.

Comme si une armée de fourmis microscopiques avaient investi son organisme, se ruant le long des vaisseaux sanguins, le long des nerfs, frayant leur chemin jusqu'à son cerveau à coups de mandibules voraces.

Quand la souffrance éclata dans son crâne, il poussa un cri et ouvrit les yeux.

La douleur s'éteignit. Les micro-insectes se désagrégèrent.

Première constatation : il était attaché à un fauteuil évoquant une chaise électrique. Des courroies en acier sanglaient ses poignets, ses chevilles, son front. Impossible de se redresser.

Cet attirail lui permettait tout juste de bouger les doigts.

«Une décharge électrique m'a ranimé, devina-t-il. Un peu brutal comme méthode, mais King Yi n'est pas reconnu pour sa délicatesse.»

Pas facile d'identifier l'endroit où il se trouvait.

Apparemment, on l'avait placé à l'intérieur d'une fosse. Quatre murs de cinq mètres environ l'entouraient. Deux d'entre eux étaient parallèles : celui où le fauteuil était adossé, le plus long des quatre, et celui qui faisait face au captif. Au milieu de celui-ci, une dizaine d'échelons montaient jusqu'à son sommet. Les murs de gauche et de droite, d'égale longueur, convergeaient l'un vers l'autre.

La courroie encerclant le front de Jos l'empêchait de remuer la tête. Il était néanmoins capable de distinguer, à la limite de son champ de vision, une série de gradins surplombant le côté gauche de la cavité. Plusieurs de ces bancs étaient occupés.

Tempête compta une quinzaine d'individus. Le plus troublant, c'est qu'ils possédaient tous le même aspect. Chacun portait une longue robe noire au devant orné d'un dessin dont Jos ne pouvait discerner les détails. Il aurait cependant parié qu'il s'agissait d'un poignard au manche en forme de scorpion.

« Une robe de cérémonie, supposa-t-il. Un vêtement sacré qu'ils endossent uniquement pour certains rituels. » Une bonne raison l'empêchait de distinguer la figure de ces individus. Leurs traits étaient dissimulés sous un masque en tissu blanc, troué à l'endroit des yeux, du nez et de la bouche, qui leur entourait complètement la tête.

« Ce sont les dirigeants du Scorpion noir, j'en suis convaincu. King Yi les a rassemblés pour qu'ils participent à une cérémonie. »

Son regard se porta ensuite à la verticale. Au-dessus de l'excavation, une grosse horloge numérique à trois faces était suspendue à une voûte perdue dans les ténèbres. Les chiffres 10:00 étaient affichés sur l'un des écrans. Plus haut, disposés à plusieurs points stratégiques, des projecteurs braquaient leurs rayons vers l'intérieur de la fosse. Banderoles, fanions, manches à air et oriflammes prétendaient apporter un air de fête à l'événement.

« Ces caïds n'ont pas été convoqués à une cérémonie, mais à un spectacle ! Sauf erreur, la vedette de ce spectacle, ce sera moi. »

Il se trouvait dans un repaire de la triade, bien sûr.

La hauteur de la voûte, les dimensions présumées du lieu laissaient supposer une construction gigantesque.

Subitement, Tempête songea à Keridwen et à Robur. Son épouse et l'oiseau, le suivant à distance, avaient prévu intervenir si les choses se gâtaient.

«Les choses se sont gâtées, c'est le moins qu'on puisse dire. Pourtant, rien n'indique que Keridwen ou Robur se trouvent dans les parages. Sont-ils cachés quelque part?»

Un murmure issu des gradins le tira de ses pensées. Là-haut, les têtes s'étaient tournées dans la même direction, comme pour souligner l'arrivée d'un personnage important. Un singulier bruit de pas se fit entendre.

C'était une marche à trois temps — boum, boum, tic —, celle qu'aurait exécutée une personne se déplaçant avec une canne.

La consistance des deux premiers sons — boum, boum — était intrigante. Ces sons-là étaient métalliques, trop «solides» et trop «pleins» pour provenir du contact entre une chaussure et le sol. Malgré lui, Tempête pensa à ces robots du cinéma américain des années 1950. Leur lourde marche faisait un bruit semblable à ce qu'il entendait, hormis le tic produit par la canne.

Dans les gradins, les spectateurs masqués se taisaient en suivant respectueusement du regard la progression du personnage.

Enfin une chevelure d'homme, blanche et courte, apparut par-delà le rebord du mur de gauche. Un visage vint ensuite, puis des épaules, un torse, des cuisses. L'individu, appuyé sur sa canne, s'arrêta à quelques centimètres de la fosse.

Stupeur et répulsion avaient frappé Tempête. L'homme qui l'observait, c'était King Yi. Ce King Yi qu'il n'avait jamais rencontré et dont il n'existait aucune photo récente.

Jos l'avait reconnu malgré la vieillesse qui avait ramolli ses traits. Même à cette distance, il percevait la cupidité qui embrasait ses prunelles, l'ironie et la vanité qui retroussaient ses lèvres, l'autorité qui barrait ses joues de rides verticales.

Mais si le visage avait peu changé, Tempête n'avait pas prévu que le reste pouvait ressembler à ce qu'il voyait.

La tête du bandit surmontait une carcasse artificielle, comme si son ancien corps avait été remplacé par une prothèse complexe mais grossière, aux composantes de plastique et de métal.

De telles opérations contre nature se pratiquaient

à divers endroits du globe. Compte tenu des coûts astronomiques, les bénéficiaires appartenaient à la classe la plus riche et la plus puissante de la société. La plupart du temps, c'étaient des vieillards refusant de mourir et de perdre ainsi le pouvoir qu'ils avaient acquis. La médecine ne pouvant les sauver, ils faisaient appel à des cyberchirurgiens qui leur fabriquaient un nouveau corps à partir de l'original. Parfois, on ne conservait que le cerveau, le reste se composant d'organes et de tissus synthétiques.

Dans la physionomie du *Shan Chu*, chaque détail révélait sa fierté d'avoir réduit Tempête à sa merci. Mais il n'y avait pas que de l'arrogance chez lui. Jos voyait bien que King Yi éprouvait aussi un mélange d'admiration et de curiosité.

Un formidable éclat de rire échappa au chef de la triade. Éclat de rire qui se prolongea, frisant la démence, dérisoire et indécent compte tenu du corps non humain qui le produisait.

— Je suis extrêmement heureux de vous voir parmi nous, dit-il enfin. Il me reste à souhaiter que vous passerez un excellent moment en notre compagnie.

— Où est ma fille ? protesta Tempête.

— Je m'attendais à ce que votre première question porte sur l'espace qui nous entoure. Cela ne vous intéresse-t-il pas d'apprendre que nous nous trouvons dans le repaire central du Scorpion noir ? Ce merveilleux endroit sert de pivot à toutes les activités que nous exerçons en Nouvelle-Amérique. Dommage que nous manquions de temps pour une visite : vous seriez ébloui. Le plus extraordinaire, c'est que cette base a fleuri au cœur de la cité sans que personne ait vent de son existence. Car nous nous trouvons sous la ville, monsieur Tempête. À un demi-kilomètre en dessous du Chinatown.

— Montrez-moi Iliade ! lança le captif avec impatience.

King Yi dodelina de la tête. Puis il leva sa main libre et adressa un signe à quelqu'un.

Trois personnes le rejoignirent. En reconnaissant l'adolescente que les deux autres encadraient, Tempête tressaillit.

— Iliade ! Ma chérie ! Comment vas-tu ?

— Oh ! papa, je suis si contente de te voir !

Aucun lien n'entravait la prisonnière. Quant aux gardes qui la flanquaient, Jos avait reconnu en eux les truands du quai Victoria.

La fatigue et l'anxiété se lisaient sur le visage de la jeune fille. Rien n'indiquait, par contre, qu'on l'avait maltraitée.

Ses ravisseurs lui avaient enfilé une espèce de chasuble blanche, au tissu si mince qu'on voyait au travers toute la beauté de son corps nu. Sa longue chevelure violette, habituellement libre et indocile, avait été nouée en queue de cheval, ce qui dégageait son front, ses tempes, sa nuque.

— Ton oreille ? s'enquit Jos qui n'apercevait que le côté droit de sa figure.

— Mon oreille ? Que veux-tu dire, papa ?

Le rire de King Yi retentit encore une fois. Wo Sing Wa et Sun Yee On échangèrent un sourire. Dans le silence revenu, le *Shan Chu* fit un signe à la colossale Chinoise.

— C'est le temps de faire ton numéro, grogna celle-ci en agrippant la prisonnière par le menton. Montre ton mignon profil à ton papa adoré.

À la stupéfaction de Tempête, l'oreille gauche d'Iliade était intacte !

— Je ne comprends pas ! bredouilla-t-il. J'ai analysé l'ADN…

— Tut tut tut tut, le coupa King Yi. Cela m'afflige que vous m'ayez sous-estimé. L'oreille que vous avez reçue était le résultat d'une culture effectuée dans nos laboratoires. Vous savez que pour cloner un spécimen, en entier ou en partie, il suffit de disposer d'une cellule de ce spécimen. Or, mademoiselle Tempête possède une magnifique chevelure dont il fut aisé de se procurer un fragment depuis le temps que nous l'épions.

La vérité, déprimante, commençait à se faire jour dans l'esprit de Jos.

Wo Sing Wa remit à son supérieur le disque qu'elle gardait dans sa poche.

— Ce CD, poursuivit le *Shan Chu*, est une autre trouvaille stimulante pour mon ego. Je présume que vous avez découvert la façon de le décrypter… Mais qui donc souhaitait qu'il tombe entre les mains d'Iliade Tempête, la ravissante fille du plus fameux justicier de tous les temps ? La mafia russe ? Ainsi, nos rivaux espéraient provoquer notre anéantissement et en profiter pour prendre notre place. N'est-ce pas l'hypothèse qui s'est implantée dans votre esprit ?

Ébranlé, Jos préféra se taire. Plus que jamais, il éprouvait l'impression d'être un pantin manipulé par son ennemi.

Le rire démoniaque de King Yi explosa pour la troisième fois avant de s'éteindre de façon subite. Le *Shan Chu* transféra son poids d'une jambe à l'autre, comme si sa carcasse métallique était source d'inconfort. Sa main gauche — irréelle, évoquant davantage un outil qu'un organe — se crispa autour de la canne.

— Ce document est un *faux* ! Un leurre, un attrape-nigaud, une blague ! Les renseignements qu'il contient : de purs mensonges ! Si quelqu'un s'avisait de les dévoiler publiquement, cela aurait l'effet d'un pétard mouillé… Le disque a été préparé par nous, amoureusement, dans la joie la plus vive, comme cela convient quand on fait une surprise à un ami. Car je vous considère comme mon ami, monsieur Tempête. Vous êtes l'âme sœur sans laquelle ma vie n'aurait pas plus de saveur qu'un morceau de tofu. Nous n'appartenons pas au même camp, mais ce qui compte, c'est le lien spirituel qui nous unit.

— Qu'est-ce que vous voulez ? lança tout à coup Iliade. Pourquoi avoir capturé mon père ?

— Tais-toi ! lui ordonna Wo Sing Wa en lui serrant le bras.

Le chef de la triade répondit néanmoins à l'adolescente :

— Mon amitié pour votre père est si ardente qu'elle exige rien de moins qu'un sacrifice. L'immolation de Jos Tempête sera l'apogée d'une épreuve qui débutera dans quelques minutes. Mais ne croyez pas que mes motivations soient seulement égoïstes. La mort de votre père accroîtra infiniment le prestige du Scorpion noir au sein du crime organisé. Quand nos rivaux apprendront que nous avons éliminé l'invincible justicier, ils s'inclineront devant notre puissance.

Incapable de se retenir plus longtemps, Jos riposta :

— Vous êtes détraqué, King Yi ! Puisque j'étais la cible de votre machination, qu'est-ce qui vous obligeait à y mêler ma fille ? Vous auriez pu me kidnapper ou m'abattre !

— Vous kidnapper ? Vous abattre ? Combien s'y sont déjà essayés en pure perte ? L'unique façon de vous vaincre était de s'attaquer à votre talon d'Achille.

King Yi avait désigné Iliade en prononçant ces mots. Il s'adressa ensuite aux deux cerbères qui la retenaient :

— Trêve de bavardages, le temps de l'action est venu. Veuillez étendre mademoiselle Tempête sur le socle sacrificiel.

— Qu'allez-vous lui faire ? hurla Jos. Vous avez dit que je mourrais ! Il n'a jamais été question de tuer aussi ma fille !

— Il n'a jamais été question non plus de ne pas la tuer. Mais rassurez-vous. Votre mort est inéluctable, tandis que la sienne n'aura lieu que si vous échouez à l'épreuve que je vous ai préparée. En cas de succès, Mlle Tempête aura la vie sauve.

D'abord figée par cette annonce, Iliade s'arracha d'une violente traction à l'étreinte de Wo Sing Wa. Elle s'apprêtait à frapper l'ogresse lorsqu'elle sentit une brûlure au milieu du dos. Elle se retourna vivement. Sourire aux lèvres, Sun Yee On lui montra l'étrange seringue qu'il tenait à la main.

— Désolé, ma poupée de miel, ronronna-t-il.

La drogue coupa les jambes de l'adolescente, qui s'écroula sur le *Sze Kau*.

— J'adore quand les demoiselles s'évanouissent dans mes bras, commenta celui-ci.

— Elle n'est pas si belle que ça ! marmonna la femme-rhinocéros. En plus, elle n'a même pas dix-huit ans !

— Depuis quand respectons-nous le code criminel ?

Au fond de l'excavation, Tempête se débattait dans l'espoir de briser ses liens :

— Laissez-la tranquille ! Ne la touchez pas, bande de sadiques !

Les deux bandits transportèrent Iliade hors de sa vue.

« Keridwen ! supplia-t-il intérieurement. Si tu as réussi à pénétrer dans cette base, montre-toi, je t'en prie ! J'ai besoin de toi MAINTENANT ! »

Personne ne répondit à sa prière.

Sa position interdisait à Jos de connaître la configuration exacte ainsi que les dimensions véritables de la fosse.

D'une longueur de vingt-cinq mètres environ et creusée en forme de triangle, la cavité se divisait en trois sections parallèles séparées par des cloisons.

La première section, où se trouvait le captif, avait quatre côtés et occupait l'espace le plus vaste. La deuxième, à quatre côtés elle aussi, était recouverte d'immenses panneaux qui empêchaient d'en voir l'intérieur. Une étroite passerelle l'enjambait, vers laquelle montaient les échelons disposés en face de Jos. La troisième section, plus petite que les autres, ne possédait que trois côtés et elle était vide en ce moment.

Les *Sze Kau* avaient déposé Iliade sur le socle sacrificiel. Il s'agissait d'une plate-forme sur rails, mobile donc, surplombant la pointe de la dernière section du triangle. Après avoir placé la jeune fille sur le dos, ils l'attachèrent avec des courroies métalliques. La vue de Jos étant bouchée par une cloison, il n'était pas en mesure de suivre ce qui se passait.

Sun Yee On caressa du regard le corps à peine voilé de la prisonnière.

— Dommage d'abîmer une créature aussi parfaite! soupira-t-il. Par bonheur, le plus beau sera épargné. Fais de beaux rêves, princesse.

Wo Sing Wa vérifia une dernière fois le dispositif suspendu directement au-dessus de la tête de l'adolescente. C'était un réservoir de la taille d'une orange, sphérique à l'exception du bec pareil à un compte-gouttes qui prolongeait perpendiculairement sa partie inférieure.

King Yi se remit à parler en articulant très lentement, comme s'il se délectait de chacun de ses mots.

— Connaissez-vous le supplice de la goutte d'eau, cher monsieur Tempête?… Des gouttes tombent sur le front d'un supplicié. Une à une. Régulièrement. Pendant des heures et des heures. Jusqu'à ce que le supplicié devienne fou.

Tournant la tête vers l'extrémité de la fosse, il considéra la jeune fille étendue, inerte, sous le réservoir au bec pointé sur son front.

— Tout à l'heure, *une seule goutte* tombera sur le crâne de Mlle Tempête. Mais il ne s'agira pas d'eau. Le liquide qui touchera son front est un acide extrêmement corrosif. Cette goutte en apparence inoffensive transpercera aussitôt son crâne et brûlera son cerveau.

— Vous êtes répugnant ! vociféra Jos, fou de rage.

— Vous disposez de dix minutes pour atteindre l'endroit où se trouve votre fille et pour la sauver d'une mort atroce. Dix minutes, monsieur Tempête ! Pas une seconde de plus ! Je vous souhaite bonne chance.

Les courroies qui retenaient Jos se détachèrent en cliquetant. Levant les yeux, il vit les chiffres 10:00 passer à 09:59 sur l'écran de l'horloge numérique.

Mû par un sentiment d'urgence qui dépassait tout ce qu'il n'avait jamais éprouvé, il se précipita vers la première cloison.

13

COMPTE
À REBOURS

Aussitôt que le captif s'arracha du fauteuil, les spectateurs des gradins, tels des fans saluant les exploits de leur idole, hurlèrent leur enthousiasme.

Au sommet du triangle-fosse, sous le petit réservoir qui dominait Iliade, une gouttelette perla à l'extrémité du compte-gouttes.

Immédiatement les mauvaises surprises s'abattirent sur Tempête. Il venait à peine de faire un pas qu'un nombre incalculable de volets s'ouvrirent dans les murs latéraux. En un instant, les deux parois s'étaient muées en cribles immenses. D'un des orifices jaillit une flèche à l'empennage rouge vif, qui fila vers Jos à la vitesse de l'éclair. L'aventurier retint son élan et se rejeta en arrière.

Chez les bandits masqués fusèrent des cris de déception. King Yi éclata de rire :

— Nos ancêtres chinois étaient d'excellents archers. Mais comme les traditions se perdent, c'est un ordinateur qui calcule la trajectoire de ces flèches. Soyez prudent, justicier de mon cœur !

Depuis le début du compte à rebours, l'univers entier se résumait pour Tempête à une seule idée : empêcher l'acide de tuer sa fille. À ce stade de l'épreuve, il ignorait encore presque tout de ce qui l'attendait. Son unique certitude : il n'avait pas une fraction de seconde à perdre. Il se désintéressa donc de King Yi et reprit sa course vers les échelons.

Il entendit le sifflement d'une seconde flèche à l'endroit précis où il s'était arrêté auparavant. Frustrés, les spectateurs lui lancèrent des insultes.

Au départ, une dizaine de mètres séparaient Jos de l'échelle qui constituait son objectif immédiat. Il avait aboli le tiers de cette distance lorsqu'un troisième projectile fut tiré.

Alors la situation s'envenima.

La fréquence des tirs augmenta subitement, passant d'une flèche par seconde à deux flèches, puis à trois, puis à quatre. Les traits provenaient tantôt de la droite, tantôt de la gauche, sans ordre discernable, suivant diverses trajectoires — horizontale, oblique, ascendante, descendante — en fonction de l'angle du trou d'où ils sortaient. Autant que Jos pouvait en juger, jamais les tirs n'étaient synchrones. Par contre, tous partageaient la même précision, ne ratant chaque fois leur cible que d'un ou deux centimètres.

Tempête traversait un véritable torrent de flèches. Sans cet obstacle meurtrier, gagner l'échelle aurait été l'affaire de quelques secondes. L'espace qu'il lui restait à parcourir semblait maintenant infini.

Impossible d'avancer en ligne droite. Son regard éperdu sautant d'une paroi à l'autre, Jos devait constamment modifier sa direction, son rythme, sa posture. Le plus souvent, c'était son ouïe qui le sauvait d'une blessure. Alerté à la dernière fraction de seconde par le sifflement rapproché d'une flèche, il reculait d'un pas ou se lançait en avant, inclinait le torse ou rejetait ses épaules en arrière, bondissait en l'air ou roulait sur le sol.

Le nombre et la rapidité des attaques lui interdisaient de deviner si l'ordinateur ne faisait que *suivre* ses mouvements ou s'il était également programmé pour les *prévoir*. Si Tempête variait ses gestes, c'était donc aussi pour tenir compte de cette possibilité et contrer toute anticipation de la part de la machine.

Cette pantomime frénétique arrachait aux truands des rires obscènes. Soupirs de frustration, exclamations sauvages, cris d'encouragement, tout cela composait une trame sonore qui nuisait à la concentration de Jos.

Il se trouvait à mi-parcours quand une douleur cuisante lui traversa le front. Le fer du projectile avait dû entamer sa peau assez profondément, car le sang pissa dans ses yeux, l'obligeant à se servir d'une main afin d'empêcher la coulée rouge de l'aveugler.

Bien qu'étourdi, il continua sa course folle.

Dans cet odieux combat contre la fatalité, la douleur ne comptait pas. Fouetté par son désir d'échapper à la mort pour annuler celle d'Iliade, convaincu pourtant que cette épreuve dépassait les capacités humaines, Jos n'avait le temps ni de s'apitoyer ni d'avoir peur. Rien d'autre n'importait que les instruments de mort à esquiver et que l'échelle dont, malgré tout, il se rapprochait.

À deux mètres de celle-ci, sa plaie au front lui causa un éblouissement qui le fit chanceler. Une flèche passa à un millimètre de son oreille droite. Une autre frôla le dessus de son crâne, écorchant son cuir chevelu.

Il reprit ses sens. Mais pas assez vite pour éviter le trait, projeté du mur de gauche, qui s'enfonça dans son deltoïde. Il vacilla en lâchant un cri de douleur. Il porta la main à son épaule : la flèche avait été propulsée avec tant de force que la pointe s'était complètement plantée dans son muscle. Entre ses doigts refermés sur la blessure, le sang giclait.

Tempête effectua un bond qu'il espérait être le dernier. Ce faisant, il empoigna le fût de la flèche et le cassa net au ras du fer.

À l'extrême limite de son champ de vision, un éclair l'avertit qu'un projectile le frapperait au côté droit. Il se jeta au sol, roula, se redressa, leva son bras valide et agrippa un échelon. En se hissant le long de l'échelle, il se rendit compte que la flèche entr'aperçue s'était fichée dans une de ses semelles.

Arrivé en haut, il s'empressa de prendre pied sur la passerelle, puis il fit volte-face. Un soupir de soulagement lui échappa quand il s'aperçut que les tirs avaient cessé. Par centaines, par milliers peut-être, des flèches empennées de rouge garnissaient le sol.

La sueur couvrait son corps. Son cœur cognait, les battements résonnaient jusque dans sa tête et produisaient des échos douloureux dans son épaule blessée. De son entaille au front, le sang coulait en abondance, débordant de son arcade sourcilière pour inonder son œil droit.

Le silence irréel qui l'avait enveloppé un instant se déchira, et Jos entendit le mélange de huées et d'acclamations que lançaient les spectateurs masqués. Certains d'entre eux s'étaient mis debout.

— Mes félicitations, monsieur Tempête ! s'exclama King Yi, toujours immobile. Je constate que vos ressources sont supérieures à celles que je vous prêtais. Mais l'épreuve est loin d'être terminée.

Revenu à la pleine conscience, Jos se retourna vers l'autre extrémité du triangle-fosse. Une tache violette — la chevelure d'Iliade — accrocha son regard et pour la première fois il vit ce que les bandits avaient fait de son enfant. Couchée sur le socle sacrificiel tel un gisant sur une tombe, la jeune fille endormie attendait que son destin s'accomplisse.

La haine emplit de nouveau Jos Tempête. Dents et poings serrés, il observa cet homme, moitié vivant et moitié mort, qui avait juré sa perte et qui projetait de sacrifier une innocente.

Refoulant sa rage, il consulta l'horloge. 06:56. Trois minutes s'étaient déjà écoulées! Il lui en restait moins de sept pour délivrer sa fille.

14

NEUROTOXINE

Jos arracha la flèche enfoncée dans sa chaussure et fit un pas sur la passerelle.

Large d'un mètre et munie de garde-fous peu élevés, elle traversait d'un bout à l'autre la partie centrale du triangle-fosse. Une dizaine de mètres à franchir, en somme, avant la dernière section. Rien ne laissait présager que le parcours serait dangereux. Mais Tempête se méfiait des deux grands panneaux qui, formant un toit, empêchaient de voir le fond de la cavité.

«La menace viendra de là», se dit-il.

Il se trompait, du moins à demi. Des volets s'ouvrirent à la base des garde-fous, sur toute la longueur de la passerelle. Puis des petites créatures, échappées des orifices, se disséminèrent sur la travée. Point nécessaire d'être zoologue pour identifier ces arthropodes. Outillés de pinces, ils avaient une carapace d'où sortait leur queue articulée et courbée vers l'avant afin de mieux projeter le dard.

— Vous avez bien vu ! ricana King Yi. Des scorpions ! Charmantes bestioles, n'est-ce pas ? Leur présence était indispensable à la solennité de cette fête. Ces merveilleux arachnides, comme vous le savez, sont les emblèmes de notre société secrète. Mes toutous vous attendent, ne les faites pas languir.

Maudissant la cruauté de son adversaire, Jos définit rapidement sa stratégie. Tenter de traverser ce barrage de bêtes venimeuses serait de la folie. Il ne connaissait pas assez les scorpions pour évaluer ceux-là. Mais il supposait que King Yi les avait choisis parmi les plus dangereux de leur espèce.

Au moment où les premiers furent sur le point de le toucher, il se hissa d'un bond sur le garde-fou de gauche. Bras écartés afin d'assurer son équilibre, il passa de la position fléchie à la position debout. L'exercice n'avait rien de simple, surtout que le dessus du garde-fou était convexe, lisse, un peu glissant.

Un grondement subit aviva son angoisse. Les panneaux qui fermaient la fosse étaient en train de coulisser, libérant une épaisse vapeur. Une odeur âcre accompagnait le brouillard gris qui s'élevait vers la voûte.

Jos essayait de percer du regard cette substance qui embrumait maintenant la totalité de la section. Sa densité était telle qu'il distinguait à grand-peine le point d'appui sur lequel il était juché. La travée et les scorpions étaient devenus invisibles.

Les panneaux complètement ouverts, il entrevit à travers la brume le liquide qui la produisait. C'était un fluide en ébullition, brunâtre, dont les bouillons plus pâles remuaient lourdement.

« De l'huile bouillante ! Si je tombe là-dedans, ce sera pire que mourir sur un bûcher ! »

Des exclamations jaillirent des gradins tandis que King Yi éclatait de son rire démoniaque.

— Ce bain-marie a été préparé à votre intention, dit-il. Prenez garde : un accident est si vite arrivé !

Jos avança. Il se mouvait à la manière d'un

fil-de-fériste, bras écartés, jambes fléchies, tâtant l'étroit support du bout du pied avant chaque pas.

La vapeur se déposait sur les surfaces, rendant le garde-fou de plus en plus visqueux. L'un des pieds de Tempête glissa. Son corps pencha du côté de la travée où s'agitaient les scorpions. Mais le justicier, qui ne manquait ni d'agilité ni d'expérience, retrouva son équilibre grâce à un balancement des bras.

Son épaule meurtrie l'élançait horriblement. Le sang qui coulait de son front le privait de l'usage de son œil droit.

Il reprit sa progression. Plus loin, ses deux pieds glissèrent en même temps et il ne parvint pas à se redresser. Son poids le fit basculer à gauche, c'est-à-dire vers le bassin rempli d'huile bouillante.

Un brusque coup de reins le ramena du côté de la passerelle. Battant des bras, il tenta désespérément de reprendre pied. Au lieu de quoi il s'écroula sur la travée en écrasant malgré lui quelques-uns des scorpions.

Son épaule meurtrie avait touché la passerelle en premier. Foudroyé de douleur, Jos fut incapable de se relever rapidement. Les bêtes venimeuses en profitèrent pour l'assaillir.

C'est lorsqu'il sentit leur frétillement sur son dos qu'il se remit debout. Il balaya les scorpions accrochés à lui. La plupart se détachèrent sans résister, d'autres saisirent l'occasion pour le piquer et lui injecter le venin contenu dans leurs glandes situées à la base de l'aiguillon.

Contrairement à une croyance répandue, la neurotoxine produite par les scorpions, même les plus redoutables, ne peut suffire à tuer un homme. Son effet paralysant sur le cœur et les muscles respiratoires n'est susceptible de faire mourir que de jeunes enfants, des vieillards ou des malades. Qu'arrive-t-il, par contre, quand un adulte en bonne santé reçoit plusieurs doses de venin à la fois ?

Tempête était sur le point de connaître la réponse.

D'abord, il éprouva de la difficulté à respirer. Ensuite, une violente douleur lui déchira la poitrine. Ses doigts s'engourdirent, puis ses mains, puis ses bras. Ses jambes parurent se transformer en gélatine.

L'extrémité de la passerelle se trouvait à quelques mètres devant lui. Révolté contre l'idée de ne pas sortir vivant de cette épreuve, il rassembla ses dernières forces.

Il réussit à marcher en dépit des nausées et des vertiges.

Les scorpions continuaient à se démener. Certains fuyaient. D'autres, plus courageux sans doute, escaladaient les jambes de l'homme et tentaient de se hisser toujours plus haut.

Une seconde échelle permettait de descendre dans la dernière section du triangle-fosse. Quand Jos l'eut atteinte, un grouillement sur sa nuque lui apprit qu'une bête s'y était logée. Il passa une main sous l'encolure de sa chemise. Le scorpion se débattit et lui planta son dard dans l'avant-bras.

Les spectateurs réagirent par des hurlements et des applaudissements.

Le scorpion une fois chassé, Jos pivota afin de faciliter sa descente. Sa tête tournait. Le moment approchait où son corps ne lui obéirait plus. Avec des gestes maladroits, il s'appuya aux garde-fous et posa un pied sur l'échelon supérieur.

Ce voile qui recouvrait toute chose, était-ce la vapeur de l'huile ou sa vue qui se dégradait ?

La neurotoxine avait endormi sa sensibilité : il n'éprouvait plus de souffrance.

Il descendit l'échelle au ralenti, paupières mi-closes, luttant contre l'envie de vomir et l'évanouissement qui s'annonçait.

À un mètre du sol, il secoua la tête dans l'espoir de se ranimer. Un spasme contracta son estomac, et il régurgita d'interminables jets de bile.

Lâchant les échelons, il tomba.

15

LA VENGEANCE
DE WO SING WA

Tempête demeura étendu au fond de la cavité, à demi mort, sueur et sang barbouillant son visage. Dans les gradins, les dirigeants du Scorpion noir se taisaient, rassasiés ou déçus, du moins convaincus que l'épreuve était terminée, que la vedette du spectacle avait présenté son dernier numéro.

Où Jos puisa-t-il la force de se souvenir que la vie d'Iliade dépendait de lui?

Il rouvrit les yeux et entrevit l'horloge suspendue au-dessus de la fosse. À travers un voile épais et déformant, il crut distinguer les chiffres 02:15 qui cédaient leur place à 02:14.

« Me relever… Iliade… Iliade va mourir si je ne me relève pas… »

— Que se passe-t-il, Tempête ? persifla King Yi dont la voix semblait provenir du bout du monde. Je vous croyais plus résistant. Auriez-vous perdu tout désir de venir en aide à votre fille ? Seriez-vous un lâcheur ? Ce n'est pas impossible, après tout. Je n'ai jamais pu m'empêcher de soupçonner que votre réputation était surfaite… Dans deux minutes, votre enfant mourra. Pourquoi, en effet, vous tracasser pour si peu ? La mort est l'aboutissement naturel de la vie, pour ne pas dire son couronnement… Laissez donc cette tarée crever dans son coin. Vous êtes fini, Tempête. L'ancien redresseur de torts n'a plus rien dans le ventre. Votre règne est révolu. Le monde interlope est enfin débarrassé de vous…

Sa propre furie, poussée au paroxysme par les propos du *Shan Chu*, fut le stimulant dont Jos avait besoin.

Il releva la tête, réussit à s'appuyer sur un coude. Son torse se redressa. Son corps en entier se souleva, chancelant, tordu, chétif. Le murmure des spectateurs circula autour de lui.

Sa poitrine, lentement, se gonfla. Ses épaules se raffermirent. Son dos retrouva une posture verticale.

Un début de solidité revint à ses jambes. Il serra les poings.

Chez les bandits, c'était la consternation. Sentiment qui se teinta de frayeur aussitôt après.

À la surprise générale, le regard de Jos Tempête *s'alluma*. On aurait dit qu'un feu couleur émeraude embrasait son organisme de l'intérieur, que le trop-plein de cet incendie s'échappait par ses yeux grands ouverts.

Les globes oculaires de Jos étaient deux phares éclatants. Prunelle, iris, sclérotique se confondaient dans une même lumière. Une aura éblouissante rayonnait de lui, verdissant tout ce qui l'entourait.

Tempête ne semblait même plus vivre. Plutôt qu'à un homme de chair et de sang, il ressemblait à une effigie tant son immobilité, sa rigidité étaient intégrales. L'impression de menace qu'il dégageait n'en était que plus forte et les bandits avaient le net sentiment qu'un péril s'apprêtait à les frapper.

Lorsque ses yeux cessèrent de flamboyer, son apparence redevint humaine.

Plus aucun tremblement ne parcourait ses membres. Le sang ne coulait plus de ses blessures. La détermination marquait de nouveau son visage.

L'horloge numérique indiquait 01:27.

Jos se tourna vers l'endroit où les parois de la

fosse se rejoignaient pour former un angle aigu. Debout à quelques mètres de lui, bras croisés, jambes écartées, une femme titanesque obstruait son champ de vision.

C'était Wo Sing Wa.

Plus haut en arrière, Iliade était étendue sur le socle sacrificiel qui surplombait la cavité. Une barre métallique, fichée verticalement dans l'angle, permettait de se hisser jusqu'à elle.

Jos s'avança d'un pas.

La femme-rhinocéros possédait certainement une force prodigieuse, supérieure peut-être à celle des hommes qu'il avait affrontés au cours de son existence. Elle lui paraissait néanmoins dérisoire après ce qu'il venait d'essuyer. King Yi pensait-il sérieusement qu'il se laisserait vaincre par elle?

« Il y a un truc, se dit-il. Quelque chose va me tomber dessus par surprise. »

Là-haut, au bout du compte-gouttes pointé sur Iliade, la perle d'acide grossissait.

« Truc ou pas, cette femme doit s'ôter de mon chemin! »

Il se jeta sur l'ogresse dont la face dessina un méchant sourire.

Le poing de Jos, projeté avec assez de force pour ébranler un mur, frappa la Chinoise au plexus sans le moindre effet. Il cogna de nouveau, cette fois à la pointe du menton. Son adversaire eut un léger mouvement de recul, ce fut tout. Elle n'avait même pas encore décroisé ses gros bras.

Jos lui planta brutalement les doigts sous l'oreille, près de la mastoïde. La femme-rhinocéros ne broncha pas.

«Elle est en acier ou quoi? Impossible qu'elle ne réagisse pas!»

Tempête frappa encore, plusieurs fois de suite, à l'estomac, aux pectoraux, à la mâchoire, aux pommettes. Comme lassée, Wo Sing Wa déplia ses bras et les tint écartés de chaque côté de son corps.

— Comment trouvez-vous mon champion? demanda King Yi. Coriace, n'est-ce pas vrai? Le fait qu'il s'agisse d'une femme ajoute sûrement à votre confusion… J'ai des nouvelles pour vous, Tempête. Wo Sing Wa n'est pas une femme. Ma valeureuse combattante n'appartient même pas à l'espèce humaine. Elle possède l'apparence d'un humain, elle agit comme un humain et elle réfléchit comme un humain. Wo Sing Wa est l'aboutissement de longues recherches effectuées par nos spécialistes de la bionique et de la cybernétique. Elle est ce qu'il conviendrait d'appeler…

— … un cyborg! compléta Jos.

— En effet. Une créature mi-humaine, mi-artificielle, conçue pour servir de soldat indestructible au Scorpion noir. Ce prototype a pleinement satisfait nos attentes. Et nos laboratoires produisent maintenant des dizaines de nouveaux cyborgs chaque année. Sun Yee On, ici présent, appartient à une génération plus récente.

Tempête jeta un coup d'œil à l'écran numérique. Quarante secondes avant que l'acide ne s'échappe du réservoir ! Il n'avait pas de temps à gaspiller en vaines discussions.

Il s'élança du côté gauche de la créature cybernétique, espérant la contourner. Avec une rapidité stupéfiante, Wo Sing Wa lui bloqua le chemin. S'inclinant jusqu'à raser le sol, Jos tenta alors de se glisser de l'autre côté, mais l'ogresse l'attrapa en le saisissant à deux mains par le cou.

Déjà, il étouffait.

00:26 au compte à rebours.

Tandis que Jos appliquait tous les coups qu'il connaissait pour se libérer, la Chinoise lui murmurait à l'oreille :

— Ta fille va crever dans une demi-minute. J'ai hâte. Oui, j'ai hâte que l'acide coule sur son front et y perce un trou. J'ai hâte que la fumée sorte de son crâne

140

et que l'odeur de brûlé caresse mes narines. Elle ne souffrira pas. Dommage. J'aurais tellement aimé qu'elle se torde de douleur et qu'elle hurle comme un animal qu'on égorge !

Des ténèbres rouges obscurcissaient la vue de Tempête. Les mains de Wo Sing Wa serraient son cou si fort que l'afflux du sang à son cerveau était coupé. Comme après l'attaque des scorpions, l'engourdissement envahissait ses membres.

— Je déteste ta fille, continuait l'ogresse sur le même ton doucereux. Je la déteste depuis la première fois que je l'ai vue. Sais-tu pourquoi ? Elle est exactement le contraire de ce que je suis, de ce que j'ai toujours été. Elle a une famille. Elle est jeune. Elle est belle. Surtout, elle est une vraie femme. Elle n'a pas été créée en laboratoire comme moi. Elle est vivante. Elle inspire la sympathie. Les hommes ne peuvent s'empêcher de la regarder. Moi, je ne suis qu'un monstre. Un monstre ! Alors, elle va payer pour tout ce qu'elle a et que je n'ai pas. Elle va payer par la mort. Oh oui ! elle va mourir pour ça !

Tout était écarlate. Même les chiffres, là-haut, qui se succédaient inéluctablement. 00 : 11… 00 : 10… 00 : 09…

« Trop tard, pensa Jos. J'ai failli à mon devoir… Pour la première fois… j'ai failli… à mon devoir… »

16

LA GOUTTE D'ACIDE

Arrivant jusqu'à Jos comme à travers un écran de co-
ton, une voix nouvelle — masculine, sans accent asiatique — claqua :

—   Le show est fini ! Mains en l'air, tout le
monde ! Toi y compris, Wonder Woman !

« Surprise » ne serait pas assez fort pour dé-
crire l'émotion de Tempête. « Incrédulité » serait
plus juste. Dans l'atonie où il se trouvait, il se demanda même si cette voix n'était pas une halluci-
nation.

Wo Sing Wa n'obéit pas tout de suite au comman-
dement. Elle qui avait longtemps anticipé sa vengeance,
sans doute ne pouvait-elle se résoudre à y renoncer.

— Tu as entendu, Hulkesse? aboya l'homme. Lâche-le immédiatement ou ta carrière s'achève ici!

L'étau se desserra autour du cou de Tempête qui glissa jusqu'au sol. Retrouvant lentement ses esprits, il leva la tête et observa la scène qui se jouait au niveau des spectateurs.

Son incrédulité s'évanouit, remplacée par un cocktail de stupéfaction, de joie, de soulagement, de gratitude.

C'était Porthax qui avait parlé. Le lutteur intello, un mini-automatique braqué sur Wo Sing Wa, se tenait debout sur le banc le plus haut. Il portait la même robe de cérémonie que les truands. Son masque, défait, pendait à son cou.

Le miracle ne se limitait pas à lui. Deux autres hommes y participaient, vêtus de la robe eux aussi. Le premier, posté en bas des gradins, pointait un revolver sur le chef de la triade. Le second, tenant en joue les autres bandits, marchait à reculons vers la plate-forme où gisait Iliade.

Jos avait reconnu Atom et Aramax.

Un fragment d'explication naquit dans son esprit. Dans des circonstances impossibles à deviner, ses compagnons avaient assisté à sa capture sur le quai Victoria. Filant le train aux ravisseurs, ils avaient pénétré dans le repaire, puis ils avaient pris la place de trois des criminels.

Le reste viendrait plus tard. Iliade courait toujours le même danger et Aramax n'aurait pas le temps d'atteindre le socle sacrificiel avant la fin du compte à rebours.

Tempête venait de se redresser quand un rayon lumineux traversa la fosse, de haut en bas, pour frapper la barre métallique installée sous la plate-forme.

— Salopard ! tonna Porthax en braquant son arme sur Sun Yee On.

Le farfadet laissa tomber le pistolaser qu'il avait dégainé à l'insu du scientifique. Mais le mal était fait. La barre de métal avait éclaté en deux sections qui ramollissaient et se tordaient.

00:03.

Jos lança un regard affolé sur la voûte. Une longue banderole détachée d'une poutre pendait à quelques mètres au-dessus de lui. Il se replia sur lui-même, puis effectua un bond prodigieux qui lui permit d'agripper l'extrémité de la bannière. Entraîné par son élan, il voltigea en direction d'Iliade, lâcha la banderole et se laissa tomber. Il atterrit sur le dos, si près du rebord que sa tête et ses épaules ne rencontrèrent que le vide. Il vit alors, avec une précision fantastique, l'acide se détacher du compte-gouttes.

Le liquide se posa sur une traverse métallique, entre ses jambes écartées.

En atterrissant, Tempête avait exercé avec ses pieds une poussée suffisante pour que le socle sacrificiel glisse sur les rails d'un bon demi-mètre.

Là où se trouvait la tête d'Iliade une seconde plus tôt, un trou se creusait tandis qu'une volute de fumée noire serpentait vers le plafond.

17

TOUS POUR UN, UN POUR TOUS

Sortant d'une remise désaffectée, Jos, ses trois compagnons, Iliade et King Yi débouchèrent dans une arrière-cour remplie de sacs à ordures. Comme l'aube se levait, leurs yeux eurent besoin de s'adapter à la lumière.

Le *Shan Chu* avait servi d'otage durant leur fuite. Au détour de chaque corridor, devant chaque ascenseur, des *Sze Kau* avaient tenté de leur barrer la route. Mais le chef de la triade tenait à la vie et jamais il ne se fit prier pour ordonner la dispersion à ses soldats.

Tempête soutenait Iliade par la taille. Il avait jugé bon de la revêtir d'une robe de cérémonie afin de dissimuler sa quasi-nudité.

La première pensée de Jos, après avoir sauvé sa fille, avait été pour Keridwen. Ses inquiétudes se dissipèrent aussitôt qu'il eut composé le numéro du Stade olympique sur le cellulaire de Porthax. Son épouse était saine et sauve, de même que Robur. L'appel de Tempête la rendit folle de joie.

Après avoir perdu sa trace, lui expliqua-t-elle, la Tintagelienne avait tout essayé pour entrer en communication avec Porthax, Atom et Aramax. Ses tentatives ayant échoué, elle n'avait eu d'autre choix que de retourner à la maison et d'attendre un miracle.

La porte d'une palissade s'ouvrait sur une avenue déserte.

— Rue de la Gauchetière, entre Saint-Urbain et Clark, devina Jos.

— C'est le passage par lequel on est entrés, confirma le lutteur en touchant Tempête à l'épaule. Ma fourgonnette est garée tout près.

Jos regarda fixement la grosse main de son ami :

— Je viens de comprendre ! L'émetteur détecté par King Yi à bord du yacht ! C'était toi ! Tu l'as planté dans mon épaule quand j'ai quitté ton laboratoire !

L'universitaire acquiesça :

— Ensuite, j'ai appelé Atom et Aramax. En moins de deux, on était rassemblés et on concoctait un plan.

L'émetteur nous a permis de te suivre à travers la ville.

— Lorsqu'il s'agit de t'aider, précisa Aramax, on est toujours disponibles.

— Pour la filature, compléta Atom, on a utilisé trois véhicules. Chacun disposait d'un détecteur. Quand ton émetteur a cessé de fonctionner, on s'est précipités à l'endroit d'où provenait le dernier signal. On est arrivés au Vieux-Port au moment où tu étais emprisonné dans cette espèce de bulle de savon.

Aramax prit le relais :

— Les deux bandits t'ont transporté à leur voiture. On a sauté tous les trois dans la fourgonnette de Porthax et on les a suivis jusqu'au Chinatown.

— Une fois à l'intérieur du souterrain, dit Atom, on est tombés sur une sorte de vestiaire. C'était bourré de caïds qui enfilaient une robe et un masque. Rien de plus facile que d'en éliminer trois et de piquer leur déguisement. Puis on a pris place dans les gradins.

— Pourquoi êtes-vous intervenus si tard ? demanda Iliade. Papa est passé cent fois à un cheveu de la mort, et moi aussi j'ai failli y rester !

— Si on agissait comme tout le monde, répondit Aramax, où serait le plaisir ?

— Vous êtes vivants, intervint Porthax. C'est le résultat qui compte.

— L'invincibilité de Jos devient même lassante à la longue, prétendit Atom.

— Quel gâchis si on avait interrompu trop tôt un spectacle aussi jouissif! renchérit Aramax. J'ai tellement aimé le numéro des flèches!

— Moi, c'est l'huile bouillante, fit Atom.

— En tant que gladiateur professionnel, ajouta Porthax, je tenais à voir le combat contre le cyborg.

— Les gars, vous êtes fous! déclara Iliade en réprimant un sourire.

Elle fut la première à monter dans la fourgonnette. Affaiblie par toutes les drogues qu'on lui avait injectées, elle s'endormit sur une banquette.

Aramax considéra Jos avec sévérité:

— Tu as voulu te frotter seul au Scorpion noir, hein?... Tes sublimes démonstrations d'orgueil, Jos, j'en ai jusque-là! Contrairement à ce que tu t'imagines, *aucun de nous n'a changé*! En ce qui me concerne, ce n'est pas parce que je fraye avec les puissants de ce monde que je suis devenu un des leurs. Le cheval de Troie, tu connais? La meilleure façon de combattre un ennemi, c'est de l'intérieur!

Tempête étudia l'expression de ses trois coéquipiers.

— Et le travail en quatuor? risqua-t-il. Comme dans le bon vieux temps? Ça vous intéresse encore?

— Tous pour un, un pour tous, proclama Aramax. Si tu as un doute, regarde comment tu t'es tiré de ce guêpier aujourd'hui.

— Tu te rappelles mon invitation? demanda Porthax. Une franche conversation entre amis, histoire de dissiper les malentendus?

Jos baissa la tête.

— Je suis incapable de me passer de vous, admit-il humblement.

Tandis que ses compagnons pressaient King Yi vers le véhicule, celui-ci s'adressa à Tempête:

— Il est inutile de tenter de vous acheter, je présume.

— N'y pensez même pas, répondit Jos en souriant.

Vaincu, le *Shan Chu* ne se départait toutefois pas de sa morgue:

— Vous croyez sans doute que la police se fera un plaisir de m'arrêter et que je passerai le reste de mes jours derrière les barreaux? Ignorez-vous que j'ai d'innombrables complices à tous les échelons de l'appareil judiciaire?

— Il reste des policiers, des procureurs et

quelques juges honnêtes en Nouvelle-Amérique. Pour commencer, votre quartier général sera perquisitionné de fond en comble.

— Trop tard. Mes *Sze Kau* auront eu le temps d'emporter ou de détruire ce qui pourrait me compromettre. Si vous pensez avoir porté un dur coup au Scorpion noir, Tempête, vous errez lamentablement. Dans un an, dans un mois, dans quelques jours peut-être, vous me retrouverez sur votre chemin. Celui que vous aurez alors à affronter sera plus déterminé que jamais à vous anéantir.

— Quand vous voudrez. Ce jour-là, moi aussi, je serai plus déterminé que jamais.

Le sourire de King Yi s'effaça. Son regard se durcit.

— La prochaine fois, grommela-t-il, je vous écraserai !

Porthax choisit ce moment pour le tirer par un bras :

— En attendant, montez avec nous. Notre sens civique nous interdit de laisser traîner des ordures au milieu de la rue.

Table des matières

Achevé d'imprimer
sur les presses de AGMV Marquis